国家出版基金项目
NATIONAL PUBLICATION FOUNDATION

近代散佚戲曲文獻集成·理論研究編

10

總主編　黄天驥

元曲概論

賀昌群　著

山西人民出版社
三晉出版社

圖書在版編目(CIP)數據

元曲概論 / 賀昌群著. —太原: 山西人民出版社,
2018.3
(近代散佚戲曲文獻集成 / 黃天驥主編)
ISBN 978-7-203-10276-2
Ⅰ. ①元… Ⅱ. ①賀… Ⅲ. ①元曲-文學研究
Ⅳ. ①I207.24

中國版本圖書館CIP數據核字(2018)第018528號

元曲概論

主　　編　黃天驥
著　　者　賀昌群
責任編輯　劉小玲　解　瑞
復　　審　李　穎
終　　審　員榮亮
裝幀設計　謝　成

出 版 者　山西出版傳媒集團·山西人民出版社　三晉出版社
地　　址　太原市建設南路21號
郵　　編　030012
發行營銷　0351-4922220　4955996　4956039
　　　　　0351-4922127(傳真)
天貓官網　http://sxrmcbs.tmall.com　0351-4922159(電話)
E-mail　sxskcb@163.com　發行部
　　　　sxskcb@126.com　總編室
網　　址　www.sxskcb.com

經 銷 者　山西出版傳媒集團·山西人民出版社
承 印 廠　山西出版傳媒集團·山西新華印業有限公司

開　　本　787mm×1092mm　1/16
印　　張　13.25
字　　數　110千字
版　　次　2018年3月　第1版
印　　次　2018年3月　第1次印刷
書　　號　ISBN 978-7-203-10276-2
定　　價　69.00圓

《近代散佚戲曲文獻集成》編委會

出版工作委員會

出版説明

一、近代散佚戲曲文獻集成鈎沉、梳理、選取十九世紀末到二十世紀中葉，散佚而獨具特色、頗具研究價值的戲曲文獻進行整理出版，以填補學術界在近代戲曲史史料方面的缺失。

二、叢書主要採取影印的方式整理出版，爲便於學界研究之需要，以忠實於原稿爲宗旨，對排版方式、原書内容的缺損、錯謁等均不做修復，在不影響内容的情况下僅對頁面的污損做了處理。

三、叢書作爲影印文獻，序言、附注、插頁皆予以保留，最大限度地保持原本原貌：單黑印刷的保持單黑色，彩色印刷的以原來的色彩進行印刷。

四、叢書分爲「理論研究編」「戲曲史料編」「名家文獻編」「曲譜和唱本編」四大編七十册。

五、「理論研究編」主要選取了近代重要的戲曲研究名家絶版多年的重要著作。其中，或有部分重要經典著作後期有再版，如王國維先生的宋元戲曲考，我們選擇早期稀見之「正音學會校本」版，原貌出版。

六、「戲曲史料編」則對史材、檔案、傳記等史料進行了整理。「名家文獻編」對著名戲曲表演藝術家的文獻進行了集中整理，包括海外版史料、報紙雜誌或期刊的專刊、各種個人專集等。這些史料或散於海外、或沉於故紙堆，因極富時代特色且具有原真性，又長期遊離於主流學術研究視野之外，因而其研究價值較爲突出。爲保持文獻原真性，對於期刊圖書廣告頁予以保留。

七、「曲譜和唱本編」主要對戲曲的曲譜和唱本進行了整理。曲譜和唱本是戲曲藝術傳承、演變、發展的主要載體之一，近代的曲譜和唱本很多是當時演出的戲本，故不少史料具有民間性，對於戲目發展的原生狀態具有很高的研究價值，如小唱本，因非常零散，多年來幾乎未見整理出版。

八、因叢書主要採用影印的方式，故海外出版的外文版未進行翻譯，維持海外原版之狀態，適合較高層次的讀者閱讀、研究。

九、叢書中，因原版的零散或者底本的其他狀況不便於影印的戲曲藝術散論叢編採取了重新錄入的方式進行排版，由本項目組進行了點校、審讀。

十、對於篇幅較小的原本書目，叢書進行了合編出版；對於合編册數爲兩册的，保持了原始書名；對於合編册數爲三册以上的，則按整理的類別，重新編訂書名。

十一、所選版本的頁碼標註，在保持原始頁碼的同時，重新編排了新頁碼；對於兩册以上合册出版的書目，做了目錄，便於讀者查找閱讀。

十二、爲保證叢書體例一致，序言、出版説明、版權頁等附文，皆採用了中文繁體編排。

鑒於編者水平有限，有不當之處，敬請方家指正，又因出版時間所限，定有諸多不足之處，亦請廣大讀者海涵。

總序

黄天驥

戲曲，是我國在世界藝壇上獨樹一幟的綜合性藝術。如果從金元時期戲曲趨於成熟的階段算起，歷經明清兩代，到晚清民國時期，它已經走過了近七百年的道路，發揮過重大的社會影響。

戲曲，包括雜劇、傳奇乃至花部小戲等體裁，在不同的歷史時期，其内容、形式，不斷地變化融合，也經歷過好幾個不同的發展階段。進入晚清民國時期，隨着我國歷史和社會出現翻天覆地的變化，戲曲進入了非常獨特的歷史時期。對於中國文化和研究中國戲曲史而言，這是具有特别意義並且非常值得注意的歷史時期。

我國戲曲，元代以雜劇爲主流，明清兩代，劇壇以傳奇爲主，也兼演雜劇。但到了清代乾隆年間，朝廷經常在爲皇帝、皇太后祝壽的全國性節日，引進各種地方戲班，進入北京會演。以此爲契機，徽班以其精彩的表演和它易於爲群衆接受的特質，在京城落地生根，影響日益擴大。它融合了其他唱腔，形成了後來被稱爲「京劇」的新劇種。這時候，各處的地方戲，風起雲湧。至於曾在舞臺上流行的雜劇、傳奇，即使在某些方面結合時代的潮流，有所革新，但終究敵不過以徽班爲代表的清新、活躍、更接地氣的地方戲。愈到後來，屬於「雅部」的雜劇、傳奇，漸漸無人問津，走向衰落。從此，「花部」終於戰勝了「雅部」，中國的劇壇，經歷了一次重大的變化。

從晚清到民國，隨着政治經濟的變革，西方各種思潮包括文藝思潮，也陸續湧入古老的天朝。我國戲曲領域，與中國人民反帝反封建的鬥爭相聯繫，與資産階級政治運動相適應，也出現了深刻的改良活動。以京劇爲例，劇壇上呈現出與元明清三代不同的面貌和特點。

從金元以至明清，我國戲曲經過長期的創造、沉澱，在劇本創作上，特别在唱、做、念、打等表演技巧方面，都在不斷地完善。乾嘉以來，商業興旺，中心城市如北京、上海一帶，市場繁榮，觀衆日多，審美要求也日益提高。加以宫廷的大力提倡，各個地方戲種有了交流借鑒、互相影響、共同提高的機會。以京劇爲代表的「花部」，特别在表演藝術方面，日臻成熟，達到了中國戲曲史上的高峰。那時候，戲班衆多，名角迭出。咸豐、道光年間，京師出現以演老生見長的程長庚、余三勝、張二奎。這三傑，被稱爲「三鼎甲」。後來又出現譚鑫培、汪桂芬、孫菊仙三位傑出的老生演員，被稱爲「後三鼎甲」。他們的做派唱工，或如黄鐘大吕，慷慨沉雄；或如雁嘯長空，悲涼蒼勁。他們風格各異，而其共同之點：品行端正，敬業不懈，嚴肅地對待藝術創造。因此，他們被藝術界公認爲偶像，也受到廣大觀衆的尊敬。

到民國初年，觀衆喜愛老生的熱忱，逐漸轉换爲對旦角的追捧。當時京劇湧現出四大男旦。梅蘭芳以俊美的容姿，唱、做、念、打已達爐火純青的表演技藝，讓觀衆如癡如醉。程硯秋擅演悲劇，以青衣應工，幽韻哀情，如泣如訴，唱到劇中的悽楚之處，讓觀者感同身受。荀慧生則表情多變，做派風流活潑，有第一花旦的美譽。尚小雲嗓音圓亮高朗，在串演女性角色中透露着英勃之氣，他尤擅演刀馬旦，在旦角中自成一派。那時候，「梅、程、荀、尚」，紅透了中國劇壇。

可以説，清末民初，是中國戲曲發展的高潮時期，尤其是在表演技巧方面，更是發展到藝術的頂峰。這一點，和戲曲在繼承傳統的基礎上，在新舊交替的時代，審美觀念出現變化，演員們在劇本内容和演技方面，爲適應社會的需要，積極地醖釀有所變化、有所革新有關。當舊的政治體制被推翻，崇尚個性的潮流湧入劇壇，「四大名旦」們，也就不斷刷新劇目，即使演出傳統舊劇，也注意作適當的改造，注意程式的創新，甚至懂得追求人物形象的個性化。於是，整個清末和民國的劇壇，出現了讓人耳目一新的局面。

在這階段，藝壇上有一個現象，很值得我們注意，這就是圍遶着名角，出現了一批在文學上或在藝術上很有造詣的追隨者。他們不是戲迷或跟班，而是對名角有着很大影響力的藝術顧問或參謀，在戲班中，他們在很大程度上起着導演、編劇兼評論家的作用。像齊如山、羅癭公、陳墨香等人，他們文化根基深厚，社會經驗豐富，對新思潮有所瞭解。他們的加入，對清末民初戲曲走向高潮，產生了積極的作用。

由於有一批高水平的文化人，經常與名角們長期深入地接觸，瞭解名角們的生活，熟識演員們藝術創造的過程，也和當時的優伶界一起沉浮。他們用文字把舞臺上下種種見聞記錄下來，從不同的角度描述當時劇壇發展的足跡，這就給後人研究清末民初的劇壇，留下了極有價值的文獻。本叢書的「戲曲史料編」，便是力圖完整地搜集這一時期劇壇有關史料，方便研究者對當時劇壇有詳盡的認識，也爲人們進一步深入研究提供線索。

進入清中葉以後，我國戲曲表演，實際上已推行「演員中心制」，無論是京滬劇壇乃至各處地方戲，從戲班體制乃至舞臺演出，均以演員爲中心。越到清末民初，名角的作用越是壓倒一切。這樣的現象，在我國戲曲史上並不多見，也可以視爲戲曲表演發展到最高階段所呈現的獨特面貌。

由於演員表演的成就成了這一時期戲曲發展的標識，爲此，本叢書編選「名家文獻編」，輯錄了梅蘭芳、譚鑫培、周信芳等十一位藝術大師的文獻，其中包括演出報告、影集、雜誌、臨時特刊等文獻，以及社會各界對他們的述評和研究文章等等。通過此編，讀者既可以認識、學習一個個名角各自的表演特色、各自的藝術成就，也可以從總體上，綜合觀察這一歷史時期戲曲發展的趨向。

這套叢書，還列有「理論研究編」。

本來，從金元時代開始，戲曲已趨成熟，成爲人民大衆喜聞樂見的藝術形式，許多文人雅士，也參與到劇本的創作中，寫出了不少膾炙人口的名劇，被視爲「驅梨園領袖，總編修師首，捻雜劇班頭」的關漢卿，甚至還粉墨登場。但是，在戲曲理論方面，卻鮮有人認真思考。除了明末清初的李笠翁，寫了閒情偶寄，算是比較全面地總結戲曲劇本的創作和表演經驗的規律以外，幾百年來，即使是關心戲曲的名家，也衹作些蜻蜓點水式的評點，或者在書信中和朋友們發表些零星的想法，至多是在劇本的序跋中，涉及對劇本創作的思考。可以說，從古以來，我們傳統長於形象思維卻疏於邏輯思維的慣性，使古代戲劇家對戲曲缺乏系統性、學理性和歷史性的思考。

近代以來，國運日衰。隨着西方列强在軍事、經濟、文化方面的進入，我國不少精英人物，不得不考慮國家向何處去的問題。思想界和學術界的許多學者，往往在不同程度上，和西方學術有所接觸，直接或間接受到西方文化的影響，思維方式也有所改變。同時，他們也看到，與城市商業繁榮的局面相聯繫，包括戲曲在内的通俗文化，日益受到廣大群衆的歡迎，特別是戲曲的表演藝術突飛猛進，其影響甚至超出了國門。這種種因素，讓許多有識之士，再不把戲曲視爲不登大雅之堂的「小道」。這一來，戲曲理論的研究，逐漸爲學術界人士所關注。從王國維開始，學者們已把戲曲研究作爲一門專業性的學問。進入二十世紀的四五十年代，戲曲理論研究更成爲顯學。

當然，在清末民初，戲曲理論研究剛剛起步，但也取得了令人矚目的成果。後來，在抗日戰爭期間，在烽火連天、顛沛流離的日子裏，有些學者還孜孜不倦地進行戲曲研究，努力從理論上探索中華民族文化瑰寶的奥妙。有些學者追根溯源，探索戲曲發生發展的過程；有些則研究戲曲在不同時代的表現和特點，或者研究我國戲曲的形態；有人廣泛搜集和考索劇本劇目；有人致力於曲韻的研究；有人還注意對地方戲的論述，等等。可以說，清末以及民國時期的戲曲理論研究者，完全打破了傳統曲學評點餖飣支離破碎的方式，他們從不同角度，對戲曲藝術作系統性的研究，邁出了新的一步。即使有些地方，還待深入探討，但已爲後來的研究者打下了基礎。「篳路藍縷，以啟山林」，在我國戲曲研究學術史上，這一時期的學者功不可没。其中，有些論著，具有經典性，直到今天，依然是戲曲理論研究者必讀的文獻。爲此，本叢書設置「理論研究編」，努力搜集讀者不易看到甚至已經絶版的論著，意在既保存珍稀資料，又爲學者們開展對這一階段劇壇的研究，提供更全面的幫助。

經過多年的努力，近代散佚戲曲文獻集成叢書終於面世。這套叢書的出版，填補了近代戲曲學術史的空白，對推進今天戲曲創作、表演和理論研究，也很有價值。特推介，是爲序。

二〇一五年六月十二日於中山大學中文堂

「理論研究編」序

董上德

進入二十一世紀之後，在人們的視野中，晚清民國是一個較爲特殊的歷史階段，説「近」不近，説「遠」不遠，很多東西，如昔日雲煙，漸漸淡出，甚至杳無蹤影；有些東西，卻如陳年老酒，香醇如故，至今值得珍惜。

就以晚清民國的戲曲研究而言，在當時算是一門很「新」的學問；而在今天看來，它既屬於藝術學的範疇，也進入文學的疆域，還旁涉其他相關的學科，如音韻學、方言學、民俗學乃至當今正在盛行的「非遺學」，等等，可謂門庭廣大，五花八門。戲曲研究的演進軌跡是一件頗堪玩味的事情。

説起來很有意思，晚清民國之前，可没有人會將研究戲曲看作是學問的。在以「經學」爲正宗的古代學問體系裏，戲曲作爲古代社會的「亞文化」，不可能進入主流意識形態。與所謂的「大傳統」相對而言，戲曲屬於「小傳統」，不登大雅之堂，研究戲曲的成果，似乎不配稱爲學問。故而，雖然自元代以來出現過録鬼簿 中原音韻 太和正音譜 曲律 閒情偶寄等今天可稱之爲「戲曲學」的著作，可它們不會被封建時代的官方認可爲著述，像四庫全書這類官修叢書也不會將它們收録進去。

到了晚清民國時期，情形出現重大轉折，有兩種情形值得關注：其一，西方的民俗學、民間文學研究（如德國格林兄弟對童話的收集、整理與研究等已開一代學術風氣）借由日本學界的模仿、消化而漸漸爲東方社會所知，善於及時跟蹤世界學術動態的日本學者，可謂得風氣之先，其民俗學及民間文學視野催生出一些啓發人心、值得借鑒的研究成果。曾經受到中國儒家文化影響的日本學界，自明治維新以來不再囿於儒學，而呈現出「開新」的進境，這會影響到逐漸與日本學界多有交往的中國學人；受到新的學術風氣的影響，中國學人不甘人後，貼合中國的實際情形，翻了一個筋斗，躍出經學的掌心，做出了古人没有做出來的新學問。其二，更爲重要的是，隨着具有劃時代意義的「五四」新文化運動的興起，中國學人有了自己的批判意識，重新認知古代的文化遺産，不再只盯住「大傳統」，而將「小傳統」裏的戲曲、小説、民間説唱等納入研究視野，這一批過去的「地攤貨」終於正式地入了知識分子的法眼，對它們的研究也逐漸可以見諸學術刊物或報紙副刊，甚至一些大學破天荒地開出戲曲研究、小説研究的課程，可以説，中國學術的「大環境」也發生了前所未有的改變。

在巨大的學術轉型過程中，某些人物、某些著作起到了十分重要的垂範作用。如著名學者王國維先生，他於一九一三年在日本完成了有史以來第一部戲曲史專著宋元戲曲史的初稿，標誌着戲曲研究正式成爲一門建構於學理基礎之上的學問。他在此書的序言裏稱：「非吾輩才力過於古人，實以古人未嘗爲此學故也。」此書的問世，可以看作是晚清以來、「五四」之前的一個學術事件，是近代中國學術變遷鏈條上不可忽視的一環。身處日本，做的是「中國學問」，而且是「新」的學問，王國維先生因之成爲晚清民國一位具有標桿意義的人物，其宋元戲曲史成爲現代戲曲學的開山之作。其後，「五四」新文化運動的領袖人物胡適、魯迅，還有受其影響的顧頡剛、鄭振鐸等人，他們對戲曲、小説這類「俗文學」的一系列研究成果，不管是出之以專著，還是出之以論文、雜文等形式，都一新國人的耳目，匯聚成一股啓人心智、重估民間文化價值的學術風氣。

不過，戲曲這一門學問，要真正建構起來可不簡單，並非若干位著名學者所能够「畢其功於一役」的，這還有待於無數後繼者多方面、多話題的探索。晚清民國的戲曲研究成果，初看起來顯得方方面面都有，正反映了戲曲研究的複雜性。

其實，戲曲只是一個很籠統的概念，其内裏含有極爲豐富的意藴，存在多種面向，頭緒衆多。自宋元以來，其演出形態就歷經多變，從廟會到堂會，由廣場藝術漸變爲劇場藝術，既娛神又娛人，在較長的歷史時期裏，其祭祀功能與娛樂功能或兼顧並舉、交互扭結，或相互剝離、二者並存，情形甚爲複雜。更值得關注的是，戲曲演出，其在民衆日常生活裏所起到的作用和影響也並非單一，而是呈現出複合功能。站在今天的文化立場上看，設若没有了戲曲演出，我們的民族素質就會大不一樣。試想，站在廣場上或戲臺前觀看戲曲演出的人們，有多少是村夫農婦，有多少是大字不識的文盲，可他們到底並非没有文化，起碼他們是知道漢高祖、「劉、關、張」、秦王李世民的，這就是民間版的「歷史啓蒙」活教材；起碼他們是知道正德皇帝游龍戲鳳是荒唐混賬的，陳世美不認妻是天理難容的，法海和尚拆散白娘子夫婦是歹毒不人道的，這就是民間版的「價值哲學」活教材。如此等等，無不喻示着中國民間的確出現了一所又一所依循着年曆、神誕等時間節點而隨機形成的「教養學校」：臨時搭建或設於寺廟裏的舞臺就是課堂，連那些前去看戲的男女文盲們也成了學生，從而形成文盲不等於没有文化的「中國特色」。可以説，戲曲演出含有娛神、娛人以及教化民衆等多種功能，顯示出中國戲曲舞臺以及戲曲作品的偉大作用與獨特影響。故此，晚清民國的學者們，換了一種眼光，不約而同地研究起過去人們大爲忽視的戲曲，而且角度各異，精彩紛呈。今天，重新閲讀他們的各式各樣的論著、論文，會驚異於他們的激情與專注，會佩服他們的耐心與細緻，更會獲知我們今天不一定能感受得到的特定時期的戲曲演出的樣貌；而話題之多樣、見解之尖新、材料之鮮活，也讓人開拓眼界、别有會心。

從存世文獻的角度看，晚清民國學者們的戲曲學論著、論文，除少數名著如王國維先生的宋元戲曲史、吴梅先生的中國戲曲概論等外，大多没有再版印行；原刊發於民國學術期刊上的與戲曲研究相關的論文、文章，更是難覓蹤影。不要説一般的讀者難以見到甚至並不知曉，就算是專業研究者也不易尋獲，要到圖書館查找，通常還不能外借，而且，並非所有圖書館都有收藏。這些論著、論文，往往散在於各地的公私收藏之中，使用起來極爲不便。於是，就有了收集、影印出版這一批「隱藏」了長達半個世紀以上的戲曲論著、論文之舉。

今天回過頭來看這一批話題衆多、形式不一的戲曲研究成果，輕輕撣去散落於書頁之上的歷史煙塵，我們依然可以認知到其中不可忽視的獨特價值，要而言之，約有如下數端：

第一，接續王國維的研究思路，將其相關研究加以細化，而又小中見大，顯示着戲曲學這一門學問的學術積累與學術推進過程。

宋元戲曲史作爲開山之作，具有無可爭議的典範性與權威性，最爲重要的是，王國維先生此書的框架大體呈現出「戲史溯源」「樂舞考原」「脚色探源」「劇本辨體」「劇目存佚辨析」「劇本文學研究」「雜劇、南戲區别對待」等内在的版塊，已經梳理出作爲一門學科的戲曲史論著的邏輯理路。這就爲後學奠定了該學科的學理基礎。當然，這一草創性的論著儘管體大思精，却也不無粗疏，受到材料的限制，有待補充、論证的地方亦屬不少，有些專題研究還有待「細化」，有意無意間，宋元戲曲史爲後學預留了不少可以進一步探研的空間。

於是，就出現了一些可以與王國維先生對話或補充其缺漏的論著，如在「戲史溯源」這一版塊，孫楷第的傀儡戲考原、董每戡的説「傀儡」（見説劇）、李家瑞的傀儡戲小史、華木的梅縣的傀儡戲等，以更爲豐富的史料、較爲縝密的分析做出了王國維先生尚未來得及細做的專題研究。宋元戲曲史第三章宋之小説雜戲專門談及「傀儡戲」，認爲傀儡戲起源甚早，大概在漢代已經有「作偶人以戲，善歌舞」的演出，歷經演化，到了宋代則成爲一項重要的文藝表演：「至宋而傀儡最盛，種類亦最繁……則宋時此戲，實與戲劇同時發達，其以敷衍故事爲主，且較勝於滑稽劇。此於戲劇之進步上，不能不注意者也。」這番話，言簡意賅，點到即止，但在「戲史溯源」的問題上卻是甚爲重要的。至於具體情形，還有待進一步考證。故而，孫楷第等先生的上述論著就顯得很有必要且甚有價值。

此外，在王國維研究思路的基礎上，試圖建構相對完整的「元劇學」（或可稱爲「元明雜劇學」），如賀昌群的元曲概論、孫楷第的也是園古今雜劇考、馮沅君的孤本元明雜劇鈔本題記與元雜劇與宋明小説的幾種稱謂 古劇四考、鄭振鐸的元明以來雜劇總錄等；在王國維研究思路的基礎上，試圖建構相對完整的「南戲學」，如錢南揚的宋元南戲考與浙江的戲劇、宗志黄的宋元之南戲等。可以説，這一系列成果，一則説明王國維先生開示了正確的研究路徑，可謂功不可没；一則説明王國維先生的宋元戲曲史畢竟處於「草創」階段，有待補充、斟酌甚至修訂的地方可謂不少。後繼者的勞作，一步一步，一點一滴，都不應被忽略。

第二，不再囿於王國維的研究框架，探索戲曲史上的另外一些重要問題，如地方戲研究，顯示着戲曲學作爲一門學問的開新與拓展。

宋元戲曲史局限於宋元，不及明清，這顯然是很大的欠缺，是一部不完整的中國戲曲史。何況，王國維先生是一位書齋裏的學者，平時不喜歡看戲，不去觀察舞臺，更不會專門去考察鄉間演劇。而自清中葉起，「花部」即地方戲，興盛不衰，深入人心，具有極大的藝術活力與潛力，是中國戲曲史極爲重要的組成部分。

有見及此，一些學者不辭辛勞，到民間去，收集地方戲曲的劇本，考察演出的實況，瞭解民衆的審美心理，寫出了功底扎實、資料豐富、見解獨到的論著，如黄芝岡的從秧歌到地方戲、揚鐸的漢劇叢談、鍾琴的越劇、玄然的花鼓戲、朱今的我鄉的目連戲、陳子展的花鼓戲無南北等。

尤其值得重視的是徐嘉瑞的雲南農村戲曲史，該書以雲南農村戲曲（包括舊燈劇與新燈劇）爲研究對象，

「把雲南現在流行的農村戲曲，做了一番搜集整理的工夫」，僅從該書附錄的雲南農村戲曲集（第一部爲「舊燈劇作品」，第二部爲「新燈劇作品」）可以看出，作者下了多大的功夫才能有此豐碩的收穫。而作者的研究思路也值得稱道，他説：「（雲南農村戲曲）是現在流行在民間的東西，和已經死去的元曲不同；它正在發展，正在變化，正在風行，對於努力通俗化運動的朋友，可以得許多參考的資料，可以從舊瓶中釀出許多新酒來。」（見該書導論）换言之，如今研究這些活態的戲曲，將之納入戲曲史研究的範疇，不僅着眼於過去，還着眼於現在。將戲曲史研究與田野調查有機地結合起來，是該書的鮮明特色。這絶對不是「學究」的思路，而是體現出真正懂行的戲劇研究者的胸襟與責任感，尤爲難得。這一類情形，在相關的其他論著中也有呈現，並非個别現象，我們在晚清民國的戲曲學者身上看到了十分可貴的學術品格。順帶可以提及，雲南農村戲曲史的一些記載頗具鮮活的史料價值，比如，説到一九三七年後雲南農村戲曲演出樣貌：「自抗戰以後，舊燈劇漸漸消滅，新燈劇大爲流行」；至一九四二年，抗戰已入第五週年，農村有不少宣傳抗戰的戲在上演，「登臺的脚色，是農村婦女的弟兄和丈夫，看戲的人，是生旦净丑們的家屬」，他們不是職業演員，爲了激勵抗戰的精神，粉墨登臺；可以想見，那是烽火連天的歲月，那是民族危難的關頭，「學校疏散下鄉，有許多學校也把新舊燈劇改編成抗戰戲曲，所以男女學生有許多唱燈劇的了。有許多軍隊，住在鄉下，替人民種田、修路、挖溝、掃地，新春來了，軍人們唱燈劇給鄉村的農人看，因爲軍人多是從農村中來的！」（見該書結論）國難當頭，鼓舞士氣，民間戲曲起着不可小覷的作用；而學生的疏散下鄉、軍人的駐紮鄉間，成爲雲南抗戰期間戲曲演出興盛起來的歷史契機，這本身就是中華民族戲曲史的重要一頁。作者以飽滿的激情寫作雲南農村戲曲史，字裏行間，洋溢着有血性學者的正義感，數十年後，再讀這樣的文字，依然令人心潮澎湃。而回到學術層面，我們不能不充分估計這一類著作在戲曲學領域的開拓意義與價值。

第三，在新舊戲劇形式的碰撞、交融與更替過程中，探尋戲曲的新出路，顯示着戲曲學作爲一門學問所具有的與時俱進的活力。

晚清民國時期，藝術樣式變得更爲多樣化，舊的繼續流行，新的獲得青睞，新與舊，兩相對舉，互成對手。以戲劇而言，文明戲出現了，話劇漸趨成熟，一些留學外國的戲劇工作者帶回了新的戲劇理念，甚至在某些高等院校有「小劇場運動」，學生劇團相當活躍。在此情勢之下，一些戲曲研究者不得不思考「舊劇」的命運。比如，洪深先生有北劇之將來一文，所謂「北劇」，指的就是京劇即「皮黃」，作者在「新劇」的壓力下反觀「舊劇」的不足，認爲「北劇取材，大都是依據歷史小説，編者乏識，類多不知選擇，所以不是描寫神權萬能的宗教觀念，便是鼓吹忠孝節義的傳統宗法思想，真正能够表現時代精神與社會生活的，簡直很少。這樣的題材不僅是爲現代的民衆所不需要，而且是太背叛時代了」。這種對「舊劇」的反思和批評，内裹包蕴着對傳統戲曲的熱愛，故而，作者建議「不能一味在因襲上下功夫」，一定要變革，「假如他們真的肯下了決心，從事改革，存其精華，去其糟粕，北劇未始没有存在的價值。」（見左明編北國的戲劇）又如佟晶心的新舊戲曲之研究，既是簡明扼要的戲曲史，又是一部探討舊劇如何在新的時代氛圍中改良自身、實現「戲劇的藝術化」的專題論著，其中，還涉及話劇、影劇等話題。儘管説不上精深，但作者視野開闊，着眼點明確，就是探討「因着自己的藝術化而影響到社會」的戲曲如何提昇自身的感化力量的問題。與此相關，我們看到，那個時期的不少學者以「京劇」爲思考對象，寫出自己在特定時代裏的新的認知，如稚青女士的國劇津梁、華連圃的戲曲叢譚、郭文生的近代皮黃劇韻等等。可以説，在「新劇」的刺激之下，學者們十分關注「舊劇」（主要是京劇）的生存之道與改良之策，爲日後的戲曲改革奠定了某些方面的理論基礎。

大體而言，晚清民國的戲曲理論研究，是一個我們過去重視不够的領域。原因可能多樣，但有一條是肯定的，就是相關的文獻資料「流通」不廣，人們自然就知見不多、認識不深。我們不能說，這一批論著篇篇精品、字字珠璣，其實難免會有某些「粗糙」，某種「雜質」，可換一個角度來看，正是這樣一批「精粗雜陳」的文獻資料，更爲「原生態」地展示出晚清民國戲曲研究的動態風貌；學者們的各種見識，或精審，或粗淺，或是不刊之論，或是有失允當，都已經成爲「學術史」裏的「活化石」，無須格外「打磨」，也不必刻意「遮掩」，原原本本，呈現在後人眼前，這何嘗不是一件值得「點贊」的事情呢？

是爲序。

二〇一五年七月二十八日於中山大學

作者簡介

賀昌群（一九〇三—一九七三），四川樂山人，著名歷史學家。曾任浙江大學、中央大學教授，南京圖書館館長，中國科學院歷史研究所第二所研究員。研究領域包括宋元戲曲、中西交通史、敦煌學、簡帛學、漢唐歷史與文學等。主要著作有魏晉清談思想初論、漢唐間封建土地所有制形式研究、漢簡釋文初稿、元曲概論等。

元曲概論

賀昌羣著

序言

我是喜歡欣賞文學而不喜歡從事於文學的人。這本書的出版，似乎與我自己爲學的素願有點兒矛盾：六七年前，在學校裏得讀王國維先生宋元戲曲史，書中徵引繁博，許多舊聞雜鈔，都未曾見過，在研究上並不感得多大的興趣；不過那時却因此很喜歡讀元人的戲曲和小令。及入社會，因職務的關係，不知怎麽，我便派撰作元明清小說戲曲提要，這個機會於是使我得恣覽三朝詞曲名篇。入後，漸趨研究的程序，三四年來陸續有所領獲，也時而寫些短文章發表，便漸漸的湊成了這一本小書。

當今研究元曲而眞能認識其價值者，自推王國維先生，凡他探討所及，幾無人能跳出其範圍。這本書自然亦不敢希冀就是例外；不過著者自信從外國樂舞而探究宋元戲曲的淵源，此書於這方面雖未能很滿意，可還是王先生及現時多數研究宋元戲曲者所未嘗道及的。本書第一、二、九的三章，曾先在小說月報及文學週報發表過，這里是當向編者們多多道謝的。

賀昌羣十七，六，二十五，於上海

元曲概論目次

元曲概論

引論

楚辭，漢賦，唐詩，宋詞，元曲，都是一個時代精神的文藝的特徵，過了那個時代，無論後人怎樣的念舊，怎樣的摹倣，在精神上總是永遠趕不上的。比如古詩有行行重行行，後來便有人作擬行行重行行，古詩有明月何皎皎，後人便有擬明月何皎皎，硬將自己一段優美的感情著上古人的衣冠色彩，像固然像了，無如祇是『貌合神離！』這並不是說古人一定勝於今人，乃是說今人不必死摹擬古人，應該另闢蹊徑，獨自創造，才能得產生出偉大的作品。這話雖是『老生常談，』然而古今來的名篇傑作，那個又不是這樣。

元曲是一個時代精神的文藝，元人自己是不曾料得的。可憐元史也並無隻字道及；最有名的曲家，也不曾在正史中有個略傳！本來詩詞之學，在中國歷來的傳統觀念，都認爲是『陶冶性情文章之末事，』或是『雕蟲小技，壯夫薄而不爲。』其間的原因，自然不祇是這個謬誤的觀念：一來，元曲的時代較近，在好古鄙今的中國人，那里有耐性來留意當時的民間文學。他們上焉者只知道韓、柳、歐、蘇的古文，下焉者只囿於時文括帖，就連『陶情冶性』也還說不上；所以元曲當然被擯棄於史志之外，鬱堙沈晦了幾百年！就是號稱爲包羅古今的四庫全書，除了幾種元人的小令套數而外，對於元曲的紀載一部也未曾紀錄，這眞是中國文學史上的一件奇事！

然而，元曲的環境雖然如此惡劣，而元曲在民間的潛勢力卻反而比『正統文學』的力量來得普遍。這個原因也很簡單，因爲凡是建設在民衆之上的一切文物制度學術思想，當然對於民衆本身發生直接的影響，其傳佈也極其迅速；所以刻意雕琢的三都賦，究竟抵不過一個孟姜女故事的民間傳說；臺閣詩文，究竟沒有巷陌之間的歌謠有永久性——能夠引起一般的感情。詩經的國風，古詩中的孔雀東南飛等，都是這個最明白的例證。

古人說：『詩言志，歌永言，聲依永，律和聲。』古代的詩歌是沒有韻的，作者祇按着自然的節拍。秦漢的古詩，大概都是如此。古詩因爲沒一定的韻律束縛，所以作者便不致把他心中的感情『矯揉造作，」以強就律令，祇率意地寫了出來。又關於音韻一方面，古代無有輕唇音，所以祇覺得他的音調醇樸渾厚。到了南北朝，時會尚綺靡，政治上、思想上都起了變更，所以他們的人生觀也隨着有所改移，所謂北地胭脂，南朝金粉，正足以表現當時人生的意義。大凡一種細膩的人生，對於聲色是很講究的。東漢至建安黃初的詩，醞釀了二百餘年，（約西紀元至二二五年）在音韻和形式方面，到這時都不能不起變化了。加以那時印度的思想和西域的音樂，不斷的流到中國來，中國文學便無抵抗的受了極大的影響。影響所及，除思想而外，便是詩歌的形式和聲韻了。齊梁間（約西元四七九至五一三年）沈約創四聲八病之說，（趙翼陔餘叢考卷十九有四聲不起於沈約說，謂四聲實起於晉人，例證很多，頗有理由，但此事不能在這里討論。）中國文學爲之面目一新。自此以後，便產生新文體的創造：詩歌方面則有韻律的萌芽，散文方面便成四六的濫觴。唐初所謂四傑楊（炯）王（勃）盧（照鄰）駱（賓王）的詩，音節鏗鏘，明明是受了沈約的影響。後來上官儀、沈佺期、宋之問等，便更極積的形成了詩的規律。到了盛唐（七一三——七六六）中唐（七六七——八二七）律詩便臻於成熟時期，而成爲一個時代精神的文藝。

大凡一種事物，到了一定的爛熟時期，必然會起他本身的變化。初唐（六一八——七一二）盛唐的樂府歌辭——五言七言或六言的律詩絕句，所謂『近體』——都是可歌的，在聲韻方面是很成熟的了。於是在中唐的時候，詩歌便蛻化而爲長短句的詞。韋應物的調笑，（又作調嘯，一名宮中調笑，一名轉應曲，一名三臺令。）白居易、劉禹錫的憶江南，都是中唐詞調最早的創體。從前的樂府，向來祇是詩人做詩，樂工譜曲，到這時候才由教坊作曲，而詩人塡詞了。塡詞是依現成的曲拍，作爲歌詞。塡詞大概不外兩個動機：（一）是教坊的樂曲本已有了歌詞，但因作於不通文藝的伶人倡女，其詞不佳，不能滿人意，於是文人給他另作新詞，使美調得美詞，流行更可久遠而普遍。(二)是詞曲盛行之後，長短句的體裁漸漸得文人的公認，成爲一種新詩體；於是詩人常用這種長短句體作新詞，起初是可歌的，但後來並不注重歌唱了。如蘇軾、朱敦儒、辛棄疾且有借用詩調來作詞的。南宋姜夔、吳文英諸人，亦自己作曲，自己塡詞。

詞到了宋，他的音律和意境方面都進化到一個獨特的地步，爲宋代文藝的特徵。在宋以前，唐五代的詞也未嘗不盛，但大概都是五言、七言或六言的律絕。比如張志和『西塞山前白鷺飛』的一首漁父詞，至多也不過是變態的七言絕句，究竟還脫不了樂府的流風。入宋而後，詞的格律便十分謹嚴了。我們讀張炎詞源，看他論音譜，拍眼，製曲句法等十餘條，可見『雅詞協音雖一字不肯放過』是何等的嚴格！

我們現在姑且不論外來的影響和詞曲本身演進的問題，（其詳見下章。）單就文學進化的原理和眼前宋詞的趨勢看來，知道宋詞到這時必然要起變化了。我們試回轉去看唐樂府代替了古樂府，律絕又代替了唐的樂府，宋人歌詞又代替了律絕而變爲長短句，長短句這時已到了爛熟時期，已不能完全供應當時文藝界與戲劇的要求了，於是元曲便『應運而興』而成爲一個時代精神的文藝。

以上粗略的論漢唐以來的韻律文學。我的意思不過是爲下章行文方便，使讀者大略明白這個變遷的縱的趨勢，然後再來討論元曲在橫的方面的淵源和發展，比較要有理些吧。

研究元曲的淵源是複雜的縝密的工作，因爲元曲產生的時期，適當外來民族入主中國的時代，綿亙幾百年，在音韻和語言上都不免受許多的影響。這可看南北朝和唐代佛乘流入中國後，中國音韻和語言都因此有所變更，——是相類的一樁事件。有些人對於這層都表示否認，竟或不屑向這方面研究，這似乎還存着『固步自封』的謬誤心理。近人吳梅詞餘講義第一章開首便說：

劇曲之興，由來已久。而詞變爲曲，其間嬗遞之跡，皆在有宋一代。世之論者，以其勃起於金元之際，遂疑出自異域，其實非也。

王國維戲曲考原（晨風閣叢書本）也說：

楚辭之作，滄浪鳳兮二歌先之；詩餘之興，齊梁小樂府先之。獨戲曲一體，崛起於金元之間，於是有疑其出自異域，而與前此之文學無關者。

我們自然不得說元曲的興起，是完全出自異域；但我們不能不說元曲的興起是受有異域的影響。所以我們研究元曲，須要從這幾方面仔細地尋出他的線索來。但這個嘗試能否成功，卻是我不敢預料的。

第一章　漢代樂舞與外國音樂的關係

漢以前中國的音樂和舞蹈，可以說與普通文學實際並未曾發生密切的關係；漢以後文學和樂舞才慢慢兒地互相攏來握手了。

本來音樂是以聲表情，跳舞是以容表情；聲的流露是音樂，容的姿態是跳舞，樂舞是同時起源的東西。我們讀了詩經中的「方將萬舞，」「式歌且舞，」「籥舞笙歌，」及周官樂記諸書的紀載，知道樂舞在中國古代已成爲舉國通行的大典；不過中國古代的樂舞，大半是爲郊廟祭祀而設，國家設有專官，在一般社會上大概是不通行的。——我以爲這一點也許便是後來跳舞無形消滅了的大原因。

自秦而後，始皇改大武（大武是周武王表提武功之樂，卽孔子所謂「武盡美矣，未盡善也。」）爲五行之舞，而實際未言其變更。漢室初興，上承秦火，樂已亡失，——古代樂屬於舞。宋書樂志：「凡音樂以舞爲主。」——樂亡，舞亦不振。到這時候，中國的樂舞，顯然告一段落，「不得不另起爐灶」

了。

漢高祖以平民而得天下，不事學問，更不知什麼叫做禮樂。他的大風歌是「過沛與故人父老相樂，醉酒歡哀」時所作，祇算是一首民歌罷了。這時由國家制作的音樂因喪亂之餘，簡直無人過問。這個時期似乎是中國音樂史上最不幸的際會；然而實際卻是最重要的時期。因爲這時正是突厥民族——匈奴在北方勢力澎漲的時代，他們乘着中國內亂，屢次入寇，而當時漢室以初定天下，亟欲休養生息，對於匈奴只得採用一種所謂「和親」政策以羈縻他，到了武帝——他是一個雄才大略的人，很想把從前失去了的漢族體面和聲威爭奪回來，所以一變和親而爲撻伐，以至於窮兵黷武。這對於當時政治上的影響如何，不在本題之內，可不多說，而在音樂和文學史上的變遷，卻顯然自成一新紀元。我們如果將這些事實尋出他的線索來，未嘗不是一樁饒有趣味的事。

近來研究史學的人，漸漸因外國學者研究的影響和各處圖書文字的發見，始展放他們的眼光於各種史料中注意外來勢力的影響，同樣的也影響到文學史的研究上。不過這個傾向現在還是萌芽，將來也許會成爲粗枝幹葉的。

在秦漢以前，古樂有雅鄭之別，所謂雅是古典的，是儒家所推崇的，鄭是俗樂，是儒家所詆斥的，以爲靡靡之音。然而無論儒家怎樣的維持「雅樂」，終歸抵不住「鄭聲」的蔓延！這個理由是我們在上文曾說過的，凡是建築在民衆之上的一切文物制度，學術思想，當然對於民衆本身發生直接的影響，故其傳播也極爲迅速。我們知道雅樂原是古代的廟堂之樂，很不易激起一種音樂的感情，鄭聲也不見得就是「淫聲」，但其激動感情的力量，自然要比雅樂來得強大些，然而在「博而寡要」的儒家看來，這豈「先王之樂」嗎？

上文說漢高祖以平民而得天下，初不知禮樂，其後乃命叔孫通制定宗廟之樂，其中有昭容樂，禮容樂等雅樂，可知這時的樂舞是完全承接秦以前的制度，並無新興的創體。這種雅樂除了郊廟祭祀之外，對於民衆毫無影響，便逐漸衰煞，所以那時民衆的音樂——鄭聲，大有壓倒雅樂之勢，漢書（卷二十二）禮樂志說：

今漢郊廟詩歌，未有祖宗之事，八音調均，又不協於鐘律，而內有掖庭才人，外有上林樂府，皆以鄭聲施於朝廷。

這時正是武帝當國，（他對於音樂是極感趣味的人。）於是雅樂和鄭聲便成爲對立的兩派。那時公孫弘、董仲舒——一般正人君子，都懷着很大的憂懼，「以爲音中正雅立之大樂，春秋鄉射作於學官，希闊不講。自公卿大夫，觀聽者但聞鏗鎗，不曉其意。」又說：「是時鄭聲尤甚，黄門名倡丙彊景武之屬富顯於世，貴戚五侯定陵富平外戚之家，淫侈過度，至與人主爭女樂。」可見這時的音樂，已經與漢初大有不同了。（清人凌廷堪燕樂考原（卷一粵雅堂叢書）本云：「龜兹琵琶未入中國以前，所謂俗樂者，即清商三調也。」按古樂有清調平調側調，謂之三調。姜白石集側商調序說：「琴七弦，具宮商角徵羽者爲正弄，加變宮變徵爲散聲者曰側弄。」側商之調久亡。唐人詩「側商調裏聽伊州，」可見這種樂調大概是很流美的。）漢書禮樂志載

　武帝定郊廟之禮，乃立樂府，采詩夜誦，有趙、代、秦、楚之謳。以李延年爲協律都尉。

按胡應麟困學紀聞（卷十六）云：惠帝時有樂府令夏侯寬更安世樂。則樂府之名，非始於武帝；但我們可以說，到武帝時，樂府的範圍更爲擴大，添了許多新興的制作。

樂府既正式成立，其所包含的樂舞，據蔡邕禮樂志凡有四品：

（一）大予樂，典郊廟上陵殿諸食舉之；

（二）周頌雅樂，典辟雍饗射六宗社稷用之；

（三）黃門鼓吹，天子享樂羣臣用之；

（四）短簫鐃歌，軍中用之。

這四種樂舞成立，便造成樂府的一般新氣象，而尤以鼓吹鐃歌爲新興的創體。後來音樂和舞蹈的種種形式，都從此滋演而來。但這裏最可使我們奇怪的，何以鼓吹和鐃歌在這個時候會憑空的產生出來？從前的郊祀安世房中樂歌都是一般無憀文人歌功頌德的作品，而鼓吹鐃歌則迥異乎是？這不能不令我們想到當時與外族發生關係的了。這裏有一段重要的材料，同見於史記封禪書、孝武本紀及漢書郊祀志裏：

其春既滅南越。上有嬖臣李延年，以好音見，上善之。下公卿議曰：民間祠，尚有鼓舞樂，今郊祀而無樂，豈稱乎？公卿曰：古者祠天地，皆有樂，而神祇可得而禮。或曰：太帝使素女鼓五十弦瑟，悲，帝禁不止，故破其瑟爲二十五弦。於是賽（按：清張文虎史記札記改作塞。）南越，禱祠太一后土，始用樂舞益召歌兒作二十五絃及空侯琴瑟，（札記云琴瑟二字衍文。）自此起。

當時的新樂中已有空侯一種樂器，空侯的古寫爲坎侯，明以後則寫着箜篌（見 M. Pelliot: Le 箜篌 K'ong-Heou et Le Qobuz 一文，載支那學論叢中）這種樂器完全是外來的音樂，可見李延年制的新聲與西域諸國樂器樂律有極密切的關係。我們下文還當詳細的申說。

這些樂器樂律何以得流傳到中國來呢？原因在於張騫通西域以還，與西域諸國往來發生的關係。崔豹古今注說：

> 橫吹胡樂也，張博望入西域，傳其法於西京，唯得摩訶、兜勒二曲。李延年因胡曲，更造新聲二十八解。乘輿以爲武樂，後漢以給邊將軍。和帝時，萬人將軍得用之。魏晉以來，二十八解不復具存。世用者，黃鵠、隴頭、出關、入關、出塞、入塞、折楊柳、黃華子、赤之陽、望行人等十曲。

漢時所謂橫吹卽橫笛，考證見下文。這裏且先論摩訶、兜勒二曲的淵源。大抵外國音樂樂調，最初輸入中國的時候，都是譯音，摩訶、兜勒最初疑非西域音樂，或者是從印度而來。梵文中之 Maha（「大」之意）與「摩訶」音極相近，聞日本桑原隲藏有張騫之遠征一文，亦說摩訶、兜勒二曲爲梵語之譯音，可惜不曾得讀他的論文，無從參考他的論證。但無論如何那時印度與龜茲早已交通，二曲由龜茲、康國而轉入中國，未必沒有可靠的理由。

黃門鼓吹和短簫鐃歌的解說，很有許多不同的紀載，有說原是中國的國產，蔡邕禮樂志說：

鼓吹蓋短簫鐃歌軍樂也，黃帝岐伯所作，以揚德、建武、勸士、諷敵也。

而宋書樂志引司馬法曰：

得意則愷樂愷歌，雍門周說孟嘗君鼓吹於不測之淵。此爲見鼓吹之始。

以上兩說，都以鼓吹鐃歌原爲中國所有，其實都是依託或推想的話，完全沒有根據，當然不能使我們相信。這兩種樂顯然是從西域傳來，我們可以提出許多證據。宋書志樂（卷四）載：

漢鼓吹鐃歌十八曲——

朱鷺　思悲翁　艾如張　上之回　翁離　戰城南　巫山高　上陵　將進酒　君馬黃

芳樹　有所思　雉子　聖人出　上邪　臨高臺　遠如期　石留

魏鼓吹曲十二篇　繆襲造

晉鼓吹歌曲二十二篇　傅玄作

吳鼓吹曲十二篇　韋昭造

今鼓吹鐃歌辭

上邪　晚芝田（原注：漢曲有遠如期，疑是。）艾如張

鼓吹鐃歌十五篇　何承天義熙中私造

如今這些歌辭既都存在，其中漢鼓吹鐃歌歌辭十八曲，古今樂錄說：「字多訛誤」不可解，殊不知外國音樂初入中國，多由譯音轉變，我們在上文已說過，如也不羅之轉爲也羅，索木斛砂之轉爲牧護歌，（牧護歌爲波斯火祆教歌曲，考證見宋姚寬西溪叢談卷上。）是其例，而譯音之轉變，大多先由同音轉爲半有意義的，如輟耕錄（卷下）所載元達達樂曲中之額塼蘇，譯音轉爲搖落四，棟丹巴譯音轉爲洞洞伯，錫里森轉爲削浪花，雖半係音譯，而已兼含有漢意。故十八曲歌辭自西域輸入之後，雖攙入了不少的漢文意義，並且頒爲國家的樂制之一，然而終不能掩蔽其外來音譯的色彩。我們再看宋書中今鼓吹鐃歌辭三首下原注云：「樂人以音聲相傳話，不可復解」，可見鼓吹鐃歌

的樂調，似乎到劉宋時代還未大有變更，而繆襲、傅玄、韋昭諸人所作，其歌辭已顯然是「雅樂」完全不帶外來的色彩，於此可以證明鼓吹鐃歌決非漢人所創作。至於這種樂調的演奏情形，我們讀陸機鼓吹賦（藝文類聚卷六十八）還可見得：

鼓砰砰以輕投，簫嘈嘈而微吟。詠悲翁之流恩，（按恩字當作思，）怨高臺之難臨；顧穹谷以含哀，仰歸雲而落音：節應氣以舒卷，響隨風而浮沉。馬頓跡而增鳴，士嚬蹙而霑襟。若乃巡郊澤，戲野坰，奏君馬，詠南城，慘巫山之遐險，歎芳樹之可榮。

這篇賦中連引思悲翁、臨高臺、君馬黃、戰城南、巫山高、芳樹等六曲，由此我們可以推想鼓吹鐃歌十八曲奏演時是鼓砰砰而簫嘈嘈，那末簫鼓兩種樂器自然是演奏十八曲時重要的工具了。簫鼓而外，還有笳，隋書音樂志載：

其制鼓吹一部十六人，則簫十三人，笳二人，鼓一人。

樂府詩集（卷十六）及王應麟玉海（卷一百十）引劉瓛定軍禮云：

鼓吹未知其始也，漢班壹雄朔野而有之矣，鳴笳以和簫，非八音也。（按：漢書（卷一百）敘傳七十下云：「始皇之末，班壹避墜於樓煩，致牛馬數千羣。值漢初定，與民無禁，當孝惠高后時，以財雄邊，出入弋獵，旌旗鼓吹，年百餘歲以壽終。」）

這樣說來，黃門鼓吹，短簫鐃歌，橫吹曲究竟同是一種樂，還是各不相同的呢？這個問題是研究樂府的人討論的焦點，我們這裏因篇幅關係，不能深說，總括說來，這三者都是從西域而來的音樂，到魏晉之世，才統謂之爲鼓吹，樂府詩集（卷十六）說：

然則黃門鼓吹，短簫鐃歌與橫吹曲得通名鼓吹，但所用異耳。

唐杜佑通典（卷一四六）說：

北狄樂皆爲馬上樂也。鼓吹本軍旅之音，馬上奏之。

讀唐人詩「葡萄美酒夜光杯，欲飲琵琶馬上催」那一種雄壯朔野之氣，和沙場戰士的腥血，彷彿就在我們的眼前。通志（卷四十九）亦載：

漢短簫鐃歌二十二曲，亦曰鼓吹曲。按漢晉謂之短簫鐃歌，南北朝謂之鼓吹曲。

我們在上文說過，橫吹古謂之橫笛，是鼓吹樂中的重要樂器，李延年有橫吹曲二十八解，這種樂器也是從西域輸入，宋書樂志說：

胡箎出於胡吹，以其似箎。故得箎名，初不名爲笛也。

按隋書樂志載西涼樂器有橫笛。橫笛之名，當昉於周隋之間。文獻通考（樂考五）謂：「大橫吹小橫吹，並以竹爲之笛之類也。」則橫笛當卽橫吹，淸徐養原笛律（木犀軒本）說：

大抵漢魏六朝所謂笛，皆豎笛也。自京房以來，及蔡邕桓伊之所吹，胥是物也。唐人所謂笛，乃橫笛也凡寧王李謨之所吹，胥是物也，唐人詩云：「羌笛何須怨楊柳，」又云「更吹羌笛關山月。」關山月、折楊柳，並漢橫吹曲也。

這種音樂輸入既久，便逐漸雅化或華化，而詩人文士翰藻之間；猶有流風餘韻，令人意味，江掩橫吹賦序：

驃騎公以劍卒十萬，禦荆人於郊外，鐵馬煩而人聳色，綵旄耀而士銜威，軍容有橫吹，僕感而賦之云。

魏晉以降，中國和西域諸國的交通漸繁，自葱嶺以西，遠至亞拉伯、東羅馬，商賈往來不絕。後魏楊衒之洛陽伽藍記（卷三）紀葱嶺以西當時外國人入中土經商的情形，茲錄於左：

自葱嶺以西至大秦，百國千城，莫不歡附；商胡販客日奔塞下，所謂盡天地之區，已樂中國風土，因而宅者。不可勝數。是以附化之民，萬有餘家。

南北朝時代，西域的樂人舞工從龜茲安國于闐諸國而來的更爲頻繁，尤以北齊北周因爲地理的關係，與西域人較爲密切，西域人之入境者特多；加之北齊後主高緯尤好胡樂，竟重用西域的樂人舞工，而有封王開府者。通典（卷一四二樂二）有這樣一段紀載：

後主唯賞胡戎樂，耽愛無已；於是繁習淫聲，爭新哀怨。故曹妙達、安來弱、安馬駒之徒，至有封王開府者，遂服簪纓而爲伶人之事：

曹妙達卽大唐西域記（卷一）所紀之劫布呾那國人，唐時稱爲曹國，北史（卷九十二恩倖傳）中所謂「胡小兒曹僧奴子妙達，以能彈胡琵琶，甚被寵遇，俱封王開府。」舊唐書（卷二十九）音樂志更說：

後魏有曹婆羅門，受龜茲琵琶於商人，世傳其業。至孫（曹）妙達，尤爲北史高洋（文宣帝）

所重，常自擊胡鼓以和之。

曹氏自北齊至唐父祖子孫兄妹皆稱琵琶名手。北史（卷一四）后妃傳下，謂後主高緯之后昭儀亦善好琵琶，優遇曹僧奴之女。曹氏至唐時，聲名益顯震，段安節樂府雜錄（卽琵琶錄）載曹保、曹善才、曹綱皆曹妙達之後，擅長琵琶。此外，與曹妙達同時的有曹仲達。爲北齊之名畫家，唐張彥遠歷代名畫記（卷一）謂亦爲曹國人。

中國政治在這時因爲受幾個外來民族的侵略，種種文物制度都大有變更，在樂制上的變化，與前代差異尤大。而西域的樂器樂律具體的輸入，也自此時開始，魏書（卷一）太祖紀載：

> 太武平河西，得西涼樂。至魏周之際，遂謂之國伎。魏代至隋咸重之。其曲項琵琶箜篌引之徒，並出自西域，非華夏舊器。楊澤新聲神白馬之類，生於胡歌，非漢魏遺曲，故其聲調，悉與書史不同。其歌有永世樂，解曲有于寘佛曲。

又說：

> 後魏太武既平北燕，馮氏通西域，得疏勒安國等樂。疏勒樂器，有豎箜篌、琵琶、五絃、笛、簫、雙觱篥、

正鼓、銅鈸、等簫、小觱篥、佻皮觱篥、齊鼓、擔鼓十四等爲一部。工十八人。

舊唐書（卷二九）音樂志又說：

周武帝聘虜女爲后，西域諸國來媵；於是龜茲之樂，大聚長安。胡兒令羯人白智通教習，頗雜新聲。

隋代承北齊北周之後，胡樂廣被民間，唐杜佑說：開皇中（五八一——六〇〇）〔胡樂〕大盛於閭閻，」（通典卷一四六）可見當時的盛況。當時更有一段重要的紀載，使我們知道外國音樂支配中國樂制的情形蓋自漢之樂府成立，在中國音樂史上開一新紀元，而自南北朝末至隋初的二十餘年間，（五五九——五八七）又爲一新紀元這是不能不大書而特書的。隋書（卷十四）音樂志上有以下一段紀載：

先是周武帝時有龜茲人曰蘇祇婆，從突厥皇后入國，善胡琴琵琶，聽其所奏，一均之中間有七聲。因而問之，答云：父在西域稱爲知音，代相傳習。調有七種，（凌廷堪燕樂考原卷一云：「此卽今日樂器相傳之七調也。」）……一曰婆陀力華言平聲，卽宮聲也；二曰雞識，（宋史律志引樂髓新經作稽識。）華言長聲，卽南呂聲也；（燕樂考原卷一云，南呂聲當爲商聲之誤。）三曰沙識，華言直聲，卽角聲也；四曰沙侯加濫，華言應聲，卽變徵聲也；五曰沙臘，華言應和聲，卽徵聲也；六曰般贍，華言五聲，卽羽聲也；七曰俟利箑，華言斛斗牛聲，卽變宮聲也。……然其就此七調，又有五旦之名，旦作七調，以華言譯之，旦者卽謂均也，其聲亦應黃鐘、太簇、林鐘、南呂、姑洗五均。

現在且將這七調列成一表，以淸眉目：

中樂	龜茲樂	華言
宮	娑陀力	平聲
商	雞識	長聲
角	沙識	質直聲
變徵	沙侯加濫	應聲
徵	沙臘	應和聲

羽	般瞻	五聲
變宮	侯利箑	斛牛聲

何以說蘇祇婆琵琶七調輸入之後，中國音樂史上便開一新紀元呢？因爲中國古樂本以七弦琴爲主。琴七弦具有宮、商、角、徵、羽五聲者謂之正弄，加上變宮變徵者謂之偏弄。在龜茲琵琶未入中國以前魏晉以來相傳的俗樂，祇有清商三調；清商即是通典（卷一四六）說的清樂，即唐人之法曲是也。清樂的清調平調，原本出於琴之正弄，是不用二變——變宮變徵的，清樂之側調，出於琴之側弄，要用二變的。隋唐以來的各部樂所用的樂器，都以四均二十八調的龜茲琵琶爲主，而謂之燕樂，（新唐書作宴樂，通典作讌樂。）燕樂唐人把它括入胡部中。燕樂二十八調，無調不用二變之音，於是清樂之側調雜於燕樂而不可復辨矣。以後中國的南北曲都是淵源於清樂和燕樂的。這樣說來，蘇祇婆琵琶七調的輸入，其重要可知了。

隋書（卷十四）音樂志載，隋文帝開皇二年，（五八二）顏之推上言：「禮崩樂壞，其來自久，今太常雅樂並用胡聲，請馮梁國舊事，考尋古典。」文帝不從。當時隋尚承襲周樂，於是乃命工人齊樹提檢校樂府，改換聲律，蓋不能通。開皇七年，杜國沛公鄭譯，遂因蘇祇婆琵琶七調絃柱，相飲爲均，推演其聲，更立七均，合成十二，以應十二律，律有七音，音立一調，故成七調十二律。所謂十二律者，卽太簇、姑洗、蕤賓、夷則、無射、黃鐘（以上爲陽律）太呂、應鐘、南呂、林鐘、仲呂、夾鐘、（以上爲陰律。）將七調卽宮、商、角、徵、羽、變宮、變徵乘十二律，便成爲八十四調，樂工根據這八十四調，譜成各種樂曲。到宋以後，因爲歌詞的聲調逐漸演化，樂工們便感到煩難了，於是將徵聲及變宮變徵省去，只餘宮、商、角、羽四聲以乘十二律，得四十八調。凡以宮聲乘律的都叫做宮，以商、角、羽乘律的，都叫做調，如今宮調之名，卽原於此。宮調的作用，近人吳梅顧曲麈談說：「宮調者，所以限定樂府管色之高低也。」後來這四十八調到元以前已有亡佚，據周德清中原音韻所載，僅餘六宮十一調，元時這十七宮調又亡歇，指角調、宮調三種，祇剩得十四宮調了。

再，上文所引隋志說：「然其就此七調，又有五旦之名，旦作七調，以華言譯之，旦者則謂均也。其聲亦應黃鐘、太簇、林鐘、南呂、姑洗五均。」今按遼史樂志亦載有四旦二十八調。四旦者，一婆陀力旦，二雜識旦，三沙識旦，四沙侯加濫旦。旦和均和律三個名詞，其實都是同樣的東西。旦是印度音樂的名詞，正如西樂中之C調D調E調等，爲標識樂器管色高低之用的。印度北宗音樂中有 thāt 一辭，旦當是從此字的音譯而來。此爲吾友向覺民君之說，他曾舉出三個論證：（一）阿羅漢一字梵文作 Arhat，「漢」屬十五翰，依瑞典高本漢（B. Karlgren）研究切韻的結果，則翰韻字收音應爲 ân，依鋼和泰（A. Von Staël-Holstein）之說則爲 an，因爲古音同部之字平入不甚區分，故 hat 亦譯爲漢（han），以 t 與 n 同爲舌頭之故。準此，則 thāt 之對音當可爲「旦」也。許有人要問，han 與 hāt 有 a 與 ā 之別，何能視爲同一發音哩？但試考舊譯，a 與 ā 的譯音實是極少分別的，如毘婆訶（Vwāhah）毘婆羅（Vivarah）蘇婆呼（Subāhah），娑婆羅（Savarah），均係同一「婆」字，而或以譯 a，或以譯 ā。又如摩訶迦旃延（Mahākātyāyanah），摩訶槃迦陀（Mahāpanthakah），摩訶那摩（Mahānamah），摩魯陀（Maludah），摩魯摩（Malumah），餤摩天（Yamah）同以一「摩」字而譯 a 或 ā。他如訶羅諸字，都曾用以譯 a ā 二音，是知準阿羅漢之例，以旦爲 thāt 之對音，這個理由似乎可以成立。（二）印度旦 thāt 字，本「行列」之義，於奏某調時，須此以定宮調絃樂管色之高低，而一宮可容數調，故又有類析之義，即是以音律表旋律的基礎的意思。（引見印度斯坦尼音樂一〇六及四〇頁釋旦）所以印度的旦與中國的均是同爲節制聲律的術語。（三）印度北宗音樂之稱某宮調亦曰某旦，如 Bhairavī thāt 及 Kāfī thāt，酷如蘇祇婆七調五旦中之稱娑陀力旦、雞識旦等，以上三端可證蘇祇婆之七調五旦原爲印度的音樂，由龜茲而輸入中國，實無疑義。

第二章　隋唐間的樂舞

南北朝而後，印度西域的樂器樂律陸續不斷的流入，中國樂制已形混亂到極點。隋代統一告成，（開皇初卽西元五八一年）始下一番整理的功夫，總括爲七部樂。一曰國伎，二曰清商伎，三曰高麗伎，四曰天竺伎，五曰安國伎，六曰龜茲伎，七曰文康伎。（按卽九部樂中之禮畢）又雜有疎勒、扶南、南國、百濟、突厥、新羅、倭國等伎（見隋書音樂志下）。大業中（西元六一〇年）隋煬帝復增爲九部樂，一清樂二西涼三龜茲四天竺五康國六疎勒七安國八高麗九禮畢，創造旣成，大備於茲矣。（同上引）今分述這九部樂的內容如下：

（一）清樂　這部樂是根據中國古樂中的清商三調（卽清調商調側調）合成的。在龜茲樂未具體的輸入中國以前，所謂「俗樂」，卽是這種多少受了外來影響的清樂。清樂自有清樂，樂律上才有變宮變徵之聲。梁陳時代稱變宮變徵爲散聲，屬於清樂中之側調（亦稱側弄），宮、商、角、徵、羽爲正聲，（亦稱正弄，）屬於清樂中之清調平調。自龜茲樂蘇祇婆琵琶之四均二十八調傳入中國之後，清樂中之側調，——卽所謂變宮、變徵——便無形的與前者混合了，遂成爲隋代之燕樂，後來元明時代的南北曲據說實是這種清樂的遺聲。㊀開皇間，「微更損益以新定律呂更造樂器」（隋書音樂志下引）隋室以來，日益淪缺。至唐武后時（西元六九〇），祇存六十三曲了。通典（卷一百四十六）載其辭存者，有：

白雪　公莫　巴渝　明君　明之君　鐸舞　白鳩　白紵　子夜　吳聲四時歌　前溪

阿子歌　團扇歌　懊儂　長史變　督（當作牧）護歌　讀曲歌　烏夜啼　石城　莫愁

襄陽　棲烏夜飛　估客　楊叛（隋志作陽伴）　雅歌　驍壺　常林歡　三州采桑

春江花月夜　玉樹後庭花　堂堂泛龍舟

等三十二曲。明之君雅歌各二首，四時歌四首，合三十七曲。又七曲有聲無辭：

上林　鳳曲　平調　清調　瑟調　平折　命嘯

㊀淩廷堪燕樂攷原（卷一）說：「讌樂卽蘇祇婆琵琶之四均二十八調也。……今之南曲，清樂之遺聲也。清樂陳梁南朝之樂，故相沿謂之南曲。今之北曲，清樂之遺聲也，讌樂周齊北朝之樂，故相沿謂之北曲，皆與雜樂無涉。」

等，適前爲四十四曲。其所用樂器有：

鐘一　磬一　琴一　一絃琴一　瑟一　秦琵琶一　臥箜篌一　筑一　箏一　節鼓一

笙二　笛二　簫二　篪二　葉一　歌二（按隋志所載祇十五種，中有塤一種，其餘上項均有。）工二十五人。文獻通考所載，則尚有方響（即鑼）二，槃鞞二，其餘上項均有。）自長安（武后十年，當西元七〇一）以後，工伎轉缺，能合於管絃者，僅

明君　楊叛　驍壺　春歌　秋歌　白雪　堂堂　春江花月夜

等八曲而已。

（二）西涼樂　隋書音樂志下說：西涼樂者，起苻氏之末，呂光、沮渠蒙遜等據有涼州，變龜茲聲爲之，號爲「秦漢伎」。魏太武既平河西得之，謂之西涼樂。（按通典（卷一四二）說：周太武帝破赫連昌，獲古雅樂，及平涼州——破沮渠氏——得其伶人器服，並擇存之。）至魏周之際，遂謂之國伎。今曲項琵琶，豎箜篌之徒，並出自西域，非華夏舊器。楊澤新聲，神白馬之類，生於胡戎歌，非漢魏遺曲，故其樂器聲調悉與書史不同。其歌曲有永世樂，解曲有于寘佛曲。其樂器據通典（卷一四六）

所載有：

鐘一　磬一　彈箏一　搊箏一　臥箜篌一　琵琶一　五絃琵琶一　笙一　簫一　大篳篥一　小篳篥一　長笛一　橫笛一　腰鼓一　齊鼓一　擔鼓一　貝一　銅鈸二（原註：今亡。）（按隋志所載僅十九種，少銅鈸一。工二十七人。）

馬端臨文獻通考（樂考二十一）云：其歌曲謂之涼州，又謂之新涼州，皆入婆陀調中西涼府都督郭知運等所進也。

（三）龜茲樂　古代的龜茲，卽是如今我國新疆省的庫車縣。這個地方在古代中西交通的關係上極佔重要的位置。漢以後，他是中西文化介紹的居間者。隋志說：自呂光滅龜茲（西元三八九）因得其聲。呂氏亡，其樂分散。後魏平中原，復獲之。其聲復多變易。至隋有西國龜茲，齊朝龜茲等凡三部。開皇中列於七部樂，其器大盛於閭閈。時有曹妙達、王長通、李士衡、郭金樂、安進貴等，皆妙絕弦管，新聲奇變，朝改暮易，持其音伎，估衒公王之間，舉時爭相慕尚。……其歌曲有善善摩尼，解曲有婆伽兒，舞曲有小天，又有疎勒鹽。其樂器有：

豎箜篌　琵琶　五弦　笙　笛　簫　篳篥　毛員鼓　都曇鼓　答臘鼓　腰鼓　羯鼓

雞婁鼓　銅鈸　貝

等十五種。工二十八。（按通典卷一四六所載，亦與此同。）

（四）天竺樂　文獻通考（樂考二十一）云：自張重華據有涼州，重譯來貢男伎者也。其後國子爲沙門來遊，又傳其方音。漢安帝時（西元一〇七）天竺獻伎，能自斷手足刳腸胃。隋志云：其樂歌曲有沙石彊，舞曲有天曲，

鳳首箜篌　琵琶　五絃琵琶　笛　銅鼓　毛員鼓　都曇鼓　銅鈸　貝

等九種。工十二人。（按通典所載亦同。）

（五）康國樂　文獻通考（樂考二十一）云：自周閔帝聘北狄女爲后，獲西戎伎樂也。隋唐以備燕樂部。歌曲有二殿農和去，（隋志作戢殿農和正，）舞曲有賀蘭鉢鼻始、末奚波地、農慧（隋志作惠）鉢鼻始、前拔地慧地等四曲。樂用：

長笛　正鼓　和鼓　銅鈸

等四種。工七人。（按：通典載長笛爲笛鼓，再有小鼓，共五種。隋志則無和鼓而有加鼓，亦四種。）

（六）疎勒樂　通考云：疎勒安國高麗，並起自後魏平馮氏。及通西域，因得其伎，後漸繁。隋唐以備燕樂。歌曲有亢利死讓，舞曲有遠服，解曲有鹽曲（隋志作監曲），其樂有：

豎箜篌　五弦琵琶　橫笛　簫　觱篥　答臘鼓　腰鼓　羯鼓　提鼓　雞婁鼓

等十種。工十二人。（隋志通典俱同。）

（七）安國樂　通考云：後魏平馮氏，通西域得其伎，隋唐以備燕樂。歌曲有附薩（隋志作薩）單時歌芝栖（隋志無此曲），舞曲有末奚舞芝栖，解曲有居桓（隋志作居和祇），樂器有：

箜篌　五弦琵琶　笛　簫　雙觱篥　正鼓　和鼓　銅鈸　歌簫　小觱篥　桃皮觱篥

腰鼓　齊鼓　擔鼓

等十四種。工十八人。（按隋志通典只十種。）

（八）高麗樂　通考云：隋唐九部樂樂器有：

彈箏　搊箏　鳳首箜篌　臥箜篌　豎箜篌　五弦琵琶　義觜笛　笙　葫蘆笙　簫　小

觱篥　桃皮篳篥　腰鼓　齊鼓　擔鼓　龜頭鼓　鐵板具　大觱篥

等十八種。（按隋志所紀爲十四種，通典作十七種。）

（九）禮畢樂　通考（樂考十九）云：隋平陳得之，入九部樂。樂工二十二人已亡。

這九部中，隋代又分爲雅樂俗樂，所謂雅樂卽是當時認爲中國原有的樂，卽清樂，俗樂便是外國音樂了。由以上九部樂看來，其中所用樂器爲中國所固有者，幾絕無僅有！中國歷代相傳之雅樂，已成了「喧賓奪主」之局，而實際支配者，都是西域的音樂，所謂「制氏全出於胡人，迎神猶帶於邊曲」（隋書卷一三音樂志引）。隋樂志（卷十五）還有一段緊要的記載，更錄於左：

煬帝……令樂正白明達造新聲，……掩抑摧藏，哀音斷絕。帝悅之無已。……因語明達云：齊氏（高緯）偏隅，曹妙達猶自封王，我今天下大同，欲貴汝，宜自修謹。

白明達的出身，隋書將他列在龜茲樂中，當係龜茲人無疑。唐會要（卷三十四）載貞觀六年（西元六三二）馬周上疏云：

白明達本自樂工，……縱使術踰儕輩，材能可取，止可厚賜錢帛，以富其家；豈得列在士流，超授官爵？遂使朝會之位，萬國來庭，……伶人鳴玉曳綬，與夫朝賢君子，比肩而立，同坐而食。

可知白明達在唐太宗時已成琵琶名手，隋煬帝時也曾做過大官來的。

唐初創立軍國多務，未遑改刱樂制，尙沿用隋代舊文，（見舊唐書卷二十八音樂志）然而，這不過是政治形式的變更，外國音樂的輸入和流行，仍是如波浪層層的蓋被而來，並且這時很顯明的起了消化作用了。唐初幾個皇帝，（太宗至玄宗）又是愛好音樂的，趁着政治修明，有心倡導，㊀清歌曼舞，朝野間充溢着蘊藉的氣象，在中國音樂史上寖寖蓋全盛之時。

唐初承隋之九部樂，太宗時始增爲十部，通典（卷一四六）說：

貞觀十六年十一月，宴百寮，奏十部。先是伐高昌，收其樂，付太常，增爲十部。

㊀舊唐書（卷二十八）音樂志云：「貞觀二年御史大夫杜淹奏曰：前代興亡，實由於樂，陳將亡也，爲玉樹後庭花，齊將亡也，爲伴侶曲，行路聞之，莫不悲泣，所謂亡國之音也。以是觀之，蓋樂之由也。太宗曰：不然，夫音聲能感人，自然之道也，故歡者聞之則悅，憂者聽之則悲，悲歡之情，在於人心，非由樂也。將亡之政，其民必苦，然苦心所感，故聞之則悲耳。何有樂聲哀怨能使悅者悲乎？今玉樹伴侶之曲，其聲具存，朕當爲公奏之，知公必不悲矣。」這難道不是有意提倡的話？

同書（卷一四四）又說：

凡大宴會，則設十部之伎於庭，以備華夷。一曰燕樂伎，有景雲、慶善、破陣、承天樂之舞，二曰清樂伎，三曰西涼伎，四曰天竺伎，五曰高麗伎，六曰龜茲伎，七曰安國伎，八曰疎疏伎，九曰高昌伎，十曰康國伎。

其後分爲立坐二部，舊唐書（卷二十九）音樂志載立部伎有：

安樂　太平樂　破陣樂　慶善樂　大定樂　上元樂　聖壽樂　光聖樂

凡八部。坐部樂有：

讌樂　長壽樂　天授樂　鳥歌萬壽樂　龍池樂　破陣樂

凡六部。以上立坐二部樂總共十四種，是綜合魏晉南北朝以至唐玄宗以來各種樂舞，其中也有中國固有的，而外國樂舞則佔最大部分。今從各書中將隋唐以來十部中所用的各種樂器，列爲一表，以資參證：

清樂㈠

隋書	唐書	新唐書	通典	唐六典	通考
鐘	同	編鐘	鐘	編鐘	同
磬	架磬	編磬	磬	編磬	同
琴	架琴		琴	彈琴	
瑟	同	同	同	同	同
擊琴	同	同		擊琴	同
琵琶	秦琵琶	同	同	琵琶	秦琵琶
箜篌	臥箜篌	同	同	箜篌	臥箜篌

㈠按隋制九部，據通典（卷一四六）所載：一讌樂，二清商，三西涼，四扶南，五高麗，六龜茲，七安國，八疏勒，九康國。而隋志所載，則有清樂卽燕樂與清商，而無扶南，別爲天竺與禮畢（卽文康）二部。茲悉據隋志。

筑	同	同	同	同	同
箏	同	同	同		箏
節鼓	同	同	同	同	同
笙	同	同	同	同	同
笛	同		笛	長笛	笛
簫	同	同	同	同	同
篪	同	同	同	同	同
塤					
	絃琴	獨絃琴	一絃琴		獨絃琴
	葉	吹葉	葉	吹葉	同
	歌	同	同	同	同

隋書	唐書	新唐書	通典	唐六典	通考
		方響			方響
		跋膝			
					槃鞞

西涼樂

隋書	唐書	新唐書	通典	唐六典	通考
鐘	同	編鐘	鐘	編鐘	同
磬	架磬	編磬	磬	編磬	同
彈箏	同	同	同	同	同
搊箏	同	同	同	同	同
臥箜篌	同	同	同	小箜篌	臥箜篌
豎箜篌	同	同	同	同	同

五絃琵琶	同	同	同	同	同
箜	同	同	同	同	同
簫	同	同	同	同	同
大篳篥	篳篥	觱篥	大篳篥	同	篳篥
小篳篥	小篳篥	小觱篥	小觱篥	同	同
横笛	同	同	同	短笛	横笛
腰鼓	同	同	同	同	同
齊鼓	同	同	同	同	同
擔鼓	同	同	同	同	同
銅鈸	同	同	同	同	同
貝	同	同	同	同	

	笛	同	長笛	同	笛
	琵			琵琶	

龜茲樂

隋書	唐書	新唐書	通典	唐六典	通考
竪箜篌	同	同	同	同	同
琵琶五絃	同	同	同	同	同
笙	同	同	同	同	同
笛	横笛	同	同	同	同
簫	同	同	同	同	同
篳篥	同	同	同	同	同
毛員鼓	同	同	同	同	同

都曇鼓	答臘鼓	腰鼓	羯鼓	雞婁鼓	銅鈸	貝				
同	同	同	同	同	同	同	琵琶			
同	同	同		同	同	同		彈箏	侯提鼓	擔鼓
	同	同	羯	同	同	同	琵琶			
都曇鼓	同	同	同	同	同		同		侯提鼓	
同	同	同	同	同	同			彈箏	同	擔鼓

					齊鼓

天竺樂

隋書	唐書	新唐書	通典	唐六典	通考
鳳首箜篌		同	同	同	同
五絃		五絃	同	同	同
琵琶		琵琶	同	同	同
笛	同	橫笛	同	同	同
銅鼓	同	同		銅鼓	同
毛員鼓	同	同	同	同	同
都曇鼓	同	同	同	同	同
銅鈸	同		銅鈸	同	同

貝		
同	羯鼓	篳篥
	同	同
貝	同	同
同		
	羯鼓	篳篥

康國樂

隋書	笛	正鼓	加鼓	銅鈸		
唐書	同	同		同	和鼓	
新唐書	同	同		同	同	
通典		同		同	同	小鼓
唐六典	笛	同		同	同	
通考	同	同		同	同	

				笛鼓		

疏勒樂

隋書	唐書	書 新唐書	通典	唐六典	通考
豎箜篌	同	同	同	同	同
琵琶	同	同	同	同	同
五絃	同	同	同	同	同
笛	橫笛	同	同	同	同
簫	同	同	同	同	同
篳篥	同	同	同	同	同
答臘鼓	同	同	同	同	同
腰鼓	同	同	同		腰鼓

羯鼓	同	同	同	同	同
雞婁鼓	同	同	同	婁鼓	雞婁鼓
		侯提鼓		侯提鼓	同

安國樂

隋書	唐書	新唐書	通典	唐六典	通考
箜篌	同	豎箜篌	同	同	同
琵琶	同	同	同	同	同
五絃	同	同	同	同	同
笛	橫笛	笛	橫笛	同	同
簫	同	同	同		簫
篳篥	同	同	大篳篥	同	篳篥

雙篳篥			雙篳篥	同	
玉鼓					
和鼓	同	同		和鼓	同
銅鈸	同	同	同	同	同
	正鼓	同	同	同	同
			箜篌		

高麗樂

隋書	唐書	新唐書	通典	唐六典	通考
彈箏	同	同	同	同	同
臥箜篌	同	同	同	同	同
豎箜篌	同	同	同	同	同

琵琶	同	同	同	同	同
五絃		五絃	同	同	同
笛	同		橫笛	橫吹	
笙	同	同	同	同	
簫	同	同	同	同	同
小篳篥	同	同	同	同	大篳篥
桃皮篳篥	同	同	同	同	同
腰鼓	同	同		腰鼓	同
齊鼓	同	同		齊鼓	同
擔鼓	同	同	同	同	
貝	同	同	同	貝	同

高昌樂（一）

隋書	唐書	新唐書	通典	唐六典	通考
	搊箏	同	同		
	義觜笛	同	同		義觜笛
	大篳篥	同	同		大篳篥
		鳳首箜篌		鳳首箜篌	
		葫蘆笙			葫蘆笙
		龜頭鼓			龜頭鼓
		鐵板			鐵板

（一）隋樂志九部無高昌樂。但高昌樂器已見隋書（卷十五）樂志中舊唐書（卷二十九）音樂志云：「西魏與高昌通，始有高昌伎。太宗平高祖盡收其樂而去禮畢。按禮畢爲隋九部之一，其樂已亡，故今表中改塡高昌樂。

豎箜篌		豎箜篌	同	同	同
琵琶	同	同	同	同	同
五絃	同	同	同	同	同
笙			笙	同	
笛	橫笛	同	同	同	同
簫	同	同	同	同	同
篳篥	同	同	同	同	同
毛員鼓					
都曇鼓					
答臘鼓	同	同	同		答臘鼓
腰鼓	同	同	同	同	同

羯鼓	同	同	同		羯鼓
雞婁鼓	同	同	同	同	同
銅鈸					
貝					
	銅角		銅角	同	同
	箜篌				
		侯提鼓			

從以上各表看來，隋唐十部中無一不以五絃琵琶爲主，可知龜茲樂和西涼樂在當時實佔很大的勢力立部伎中自破陣樂以下，都是用的這兩部樂，舊唐書（卷二十九）音樂志說：

自破陣樂以下，皆雷大鼓，雜以龜茲之樂，聲振百里，動蕩山谷。大定樂加金鉦，惟慶善舞獨用西涼樂，最爲閑雅。

宋洪邁容齋隨筆（卷十四）說：

今樂府所傳大曲皆出於唐，而以州名者五，伊、涼、熙、石、渭也。涼州今傳爲梁州，唐人已誤用，其實從西涼府來也。凡此諸曲惟伊涼最著，唐詩詞稱之極多，如「胡部笙歌西部頭，梨園子弟和涼州」「霓裳奏罷唱梁州，紅袖斜翻翠帶愁；」「行人夜上西城宿，聽唱梁州雙管逐」「丞相新裁別離曲，聲聲飛出舊涼州；」「滿眼由來是舊人，那堪更唱梁州曲；」「老去將何散旅愁，新教小玉唱伊州。」……

通典（卷一四六）又說：

自周隋以來，管絃雜曲，將數百曲，皆西涼樂也，鼓舞曲，皆龜茲樂也。

爲什麽西涼和龜茲在當時能制作這樣許多樂器呢？這層我們當推想到印度的音樂。我們看上表中龜茲與西涼二部樂有不少與天竺樂相同的，其他諸部，當時都在龜茲與西涼樂的勢力範圍中，自然亦當同出於一源。試考漢唐以來與西域及其他諸國交通的路線，便可知龜茲樂與西涼樂的興盛和淵源了。據漢書（卷九十六）西域傳，謂當時與西域諸國的交通：

自玉門關出西域有兩道，從鄯善（卽樓蘭）傍南山北波河（卽塔里木河）西行，至莎車爲南道；南道西踰葱嶺，則出大月氏、安息。自車師前王庭隨北山波河西行，至疏勒爲北道；北道西踰葱嶺，則出大宛、康居、奄蔡、焉耆。

從北路所經過的國度，高昌、龜茲、疏勒都在內，南路有鄯善、于闐諸國，印度的佛教徒，亞拉伯東羅馬的商賈和摩尼教徒火祆教徒，都得打從這兩路出入（海道則由南海），而同以我國之涼州爲目的地，故當時洛陽長安外國的僧徒充斥於市。洛陽伽藍記（卷四）永明寺條說：

時佛法經象盛於洛陽，異國沙門，咸來輻輳，……百國沙門，三千餘人，西域遠者，乃至大秦國。

自唐高祖末年至玄宗的百數十年間（西元六二五——七五六），外國音樂不斷的流到中國，中國音樂不斷的發生變化，波浪所及，在詞曲上便有長短句的興起，在戲劇上已成宋元戲曲的雛形，舊唐書（卷二十八）音樂志說：

玄宗於聽政之暇，教太常樂工子弟三百人爲絲竹之戲，音響齊發，有一聲誤，玄宗必覺而正之，號爲皇帝弟子，又云梨園弟子，以置院近於禁苑之梨園。太常又有別教院，教供奉新曲。太常每陵晨，鼓笛亂發於太樂別署教院廩食常千人宮中居宜春院。玄宗又製新曲四十餘。又新製樂譜，每年望夜，又御勤政樓觀燈作樂。……

崔令欽教坊記又說：

開元十一年（七二三）初，製聖壽樂，令諸女衣五方色衣以歌舞之。宜春院女教一日便堪上場，惟搊彈家彌月不成。至戲日，上令宜春院人爲首尾，搊彈家在行間，令學其舉手也。宜春院亦有工拙，必擇尤者爲首尾。首既引隊，衆所矚目，故須能者。樂將闋，稍稍失隊，餘二十許人舞曲終謂之合殺，尤要快健，所以更須能者也。

玄宗的音樂的天才，是很值得我們佩服的，他不僅是一個精明的鑑賞者，而且還能創作新譜，如他改作從印度而來的西涼樂婆羅門曲爲著名的霓裳羽衣曲，最爲當時詩人所謳歌諷詠，今略舉幾首如下：

開元太平時，萬國賀豐歲。梨園進舊曲，御座流新製；鳳管迭參差，霞裳競搖曳。——李祐霓裳羽曲詩。

明皇度曲多新態，宛轉浸淫易沉着；赤白桃李取花名，霓裳羽衣號天樂。——元微之法曲詩。

……漁陽鼙鼓動地來，驚破霓裳羽衣曲。——白居易長恨歌。

貴妃宛轉侍君側，弱體不勝珠翠繁，冬雪飄飄錦袍暖，春風蕩蕩霓裳翻。——劉禹錫錦袍詩。

他不特喜歡製作新譜，還改作了許多樂器，如上文引教坊記所謂搊彈家便是平民以容色當選入宮中教習琵琶、三絃、箜篌、箏等的女子，當時謂之搊彈家，舊唐書（卷二十九）音樂志說：

舊琵琶皆以木撥彈之，玄宗妃有手彈之法，今所謂搊琵琶者是也。

按馬令南唐書：「後主昭惠國后周氏，工琵琶，故唐盛時，霓裳羽衣最爲大曲，亂離之後，絕不復傳，后得殘譜以琵琶奏之，於是開元天寶遺音復傳於世。」據此，則霓裳羽衣亦以琵琶爲主，故白樂天琵琶行云：「初爲霓裳後六么。」相傳明皇喜音律而罪人遂欲進曲贖死，此說見於白樂天詩集中。但明皇雜錄有一段說：

開元中樂工李龜年兄弟三人，皆有才學盛名，彭年尙舞，鶴年、龜年能歌，製渭州曲，特承顧遇，於東都大起第宅，僭侈之制，踰於公侯。

這其實不亞於太宗待遇白明達的優渥！自此以後，外國音樂在中國深深植下了一段基礎，西域的樂工一直到晚唐穆宗長慶（八二一）以後纔絕少紀載，這里收搜了幾條作爲本章的結束。

段安節樂府雜錄胡歌條：

> 貞元（七八五）初，康崐崘翻入琵琶玉宸宮調，初進曲在玉宸殿，故有此名。……

同書琵琶條又云：

> ……長安街東有康崑崙號琵琶第一名手，必謂無以敵也。

康氏自周武帝聘虜女爲后由康國而來，（見舊唐書卷二十九音樂志。）李白有上雲樂曾說：

> 金天之西，白日所沒，康老胡雛，生彼月窟。……老胡感至德，東來進仙倡。……能胡歌，進漢酒。……
>
> ……天子九九八十一萬歲，長傾萬歲杯。——李太白集卷三。

到唐憲宗時，西域樂工米嘉榮亦是最著名的，太平廣記（卷百四）引盧氏雜說（唐盧言撰）云：

> 歌曲之妙，其來久矣。元和中，（八〇六——八二〇）國樂有米嘉榮、何戡，近有陳不嫌，不嫌子意奴，一二十年來，絕不聞善唱。

樂府雜錄歌條亦云：

元和長慶（八二一——八二四）以來，有李貞信、米嘉榮、何戡、陳意奴。

按米嘉榮卽玄奘大唐西域記（卷一）所紀之弭秣賀國人唐時稱米國。與他同時的詩人劉禹錫還有詩紀念他：

唱得涼州意外聲，舊人唯數米嘉榮；近來時世輕先輩，好染髭鬚事後生。——全唐詩卷十三，石印本。

一本作：

一別嘉榮三十載，忽聞舊曲尙依然；如今世俗輕前輩，好染髭鬚事少年。

太平廣記引盧氏雜說的詩，又略不同：

三朝供奉米嘉榮，能變新聲作舊聲；於今後輩輕先輩，好染髭鬚事後生。

我們知道唐時宮廷的供奉官，非有卓越的藝術是萬不能當選的。通志（氏族略二）亦有米嘉榮爲供奉歌者的紀載。按劉禹錫以附王文叔被貶，事在西曆八〇六年，（元和初）至八二八年始歸長安，殆放逐二十餘年故云「一別嘉榮三十載；」所謂三朝供奉，也許嘉榮曾歷任憲宗、穆宗前後三代的供奉官。樂府雜錄琵琶條又記：

咸通中（八六〇——八七三）卽有米和卽（米）嘉榮子，申旋尤妙。

米嘉榮父子之爲米國出身，南宋鄧名世古今姓氏辯證（卷二十四）可證：

西域米國胡人入中國者，因以爲姓。唐……有供奉歌者米嘉榮，其子米和郎。

以上約略的將漢唐以來外國音樂輸入的經過和支配中國樂制的情形論述完了，其影響於音韻和詩歌詞曲的變遷，顯而易見。所以我們研究元曲的淵源，從歷史的事實上說，這層是不可不顧慮到的。

第三章　宋遼金的雜劇院本

自唐以後，中間經過五代的混亂，和契丹女眞兩民族的侵略，有了這些原因，依我們想來當然難免在中國戲曲史上不發生意外的變化。但據現存的史志與稗官小說所載，五代時除大體承襲前代的樂舞而外，似乎缺乏顯明的外來線索。這或者因爲五代的時候，社會與政治都很紊亂，人民流離失所，自然少有閒心來做娛樂的事情了。至於遼代樂志，則異常疏略，但此時卻有一事足可使我們注意的，便是遼代的散樂中已有『雜劇』的名目成立了。遼史（卷五十四）載：

皇帝生辰樂次——

酒一行　觱篥起歌　酒二行歌手伎入　酒三行琵琶獨奏　餅茶致語　食入雜劇進　酒四行　闕　酒五行笙獨吹鼓笛進　酒六行箏獨彈築毬　酒七行歌曲破角觝終

其中雜劇究竟是何種體裁，如何結構，現在已不可考。到宋時雜劇的內容便逐漸演變，這個演變的過程，覺得很有趣味，我們這里把它大概敍說一下。宋史樂志（十七）載：

宋初置教坊凡四部，其後平荆南得樂工三十二人，平西川得一百三十九人，平江南得十六人，平太原得十九人，餘藩臣所貢者八十三人，又太宗藩邸有十七人。由是四方執藝之精者，皆在其中。每春秋聖節三大宴：其第一皇帝升座，宰相進酒……第四百戲皆作……第六樂工致辭，繼以詩一章，謂之口號，皆述美德。第七合奏大曲。……第九小兒對舞。第十雜劇……第十四女弟子隊舞。第十五雜劇。……第十七奏鼓吹曲或用法曲或用龜茲。……第十九用角觝。

這個地方我們可以見遼時雖已有雜劇的成立，但它的應用是爲官家讌會時的一種遊藝。宋初也仍未有多大的變更。宋史樂志謂：眞宗（九九八——一〇二二）不喜鄭聲，而或爲雜劇詞，未嘗宣布於外。可見這時的雜劇比遼及宋初的內容一定比較有趣些，所以纔得爲眞宗所喜。呂本中蒙童訓說：作雜劇者打猛諢出，卻打猛諢入。那末這時雜劇似乎是以滑稽諷刺爲主要的題材。吳自牧夢粱錄云：雜劇全用故事，務在滑稽。張瑞義貴耳集（卷下）有段故事說：

史叔同爲相時，相府裏開宴，偃用雜劇人，一人扮作士子念詩道：「滿朝朱紫貴，盡是讀書人。」旁一士人便接着答道：「滿朝朱紫貴，盡是四明人。」自後相府有宴，二十年不用雜劇。

到宋理宗（一二二五——一二二七）時，雜劇的內容和結構似乎便不盡以滑稽諷刺爲主了。周密武林舊事（卷一）載理宗時朝禁中壽筵樂次內中的樂舞和雜劇，關係宋代戲劇發達的地方很多，這里不妨撮要的述說一下：這壽筵樂中以觱篥起奏萬壽無疆，（按教坊記有萬壽無疆大曲）然後依次第一盞至第十三盞爲諸部合萬壽無疆薄媚曲破。其次爲坐樂以觱篥起奏上林春。第一盞爲萬歲梁州樂然後進致語（致語卽如今的祝詞。）進小雜劇，做君聖君賢爨，斷送萬歲聲。第五盞亦演雜劇，做三京下書，斷送繞池遊。第十盞諸部合齊天樂曲破。再坐第一盞觱篥起慶芳春慢。第四盞演雜劇，做楊飯，斷送四時歡。第六盞演雜劇，做四偌少年遊，斷送賀時豐。第七盞弄鼓笛曲拜舞六么。弄傀儡踢架兒。第九盞諸部合無射宮碎錦梁州歌頭大曲。第十二盞諸部合萬壽興隆法曲。第十三盞方響獨打高宮。演傀儡舞。第十五盞諸部合夷則羽六么。演傀儡舞。第十五盞諸部合夷則羽六么。演百戲。第十九盞笙獨吹正平調。演傀儡羣仙會。

以上所舉諸樂大都已與隋唐以來的樂舞不同了。其中所演雜劇——與元人的四折雜劇不同。——與後來金元時的院本是同樣的東西。（院本寧獻王太和正音譜云：『行院之本。』行院是倡伎所居，他們所演唱之本，就謂之院本，又謂之雜劇。明徐光暖姝由筆云：有白有唱者名雜劇，用弦索者名套數，扮演戲文跳而不唱者名院本，則院本似乎是一種舞劇。）現在已逐漸成爲可以搬演故事的歌劇了。由兩宋遼金以至於元，上而至於宮庭宴集，下而瓦舍技藝，這種院本雜劇（以下或簡稱院本）都有很大的勢力。可惜現在除了存目是一本也不得流傳，所以它的結構，就很難得知了。都城紀勝說：散樂教坊十三部，唯以雜劇爲主。可見雜劇是宋金時遊藝中最重要的一種節目。武林舊事（卷十）有官本雜劇段數，共二百八十本，及陶宗儀輟耕錄（卷二十五）所列院本存目便是兩宋同遼金以來流傳至今戲曲存目。現在我們且就二書所紀存目大略考究一下，或略可窺見當時院本雜劇的結構及其與元曲的關係。王國維先生根據武林舊事存目，把它們分列出來，其中用大曲者一百零三，用法曲者四，用諸宮調者三，用普通詞調者三十有五，茲錄出如下：

六么二十本（按六么爲唐代大曲，白居易楊柳枝云：『六么水調家家唱，白雪梅花處處飛。』宋史樂志及文獻通考教坊部十八調中中呂調，南呂調，仙呂調均有綠腰大曲。六么卽其略字。）

爭曲六么　扯攔六么　教鶯六么　鞭帽六么　廚子六么　孤奪旦六么　王子高六么　崔

護六么　骰子六么　照道六么　三偌慕道六么　雙攔哮六么　趕厥夾六么　羹湯六么

瀛府六本（按宋史樂志及通考教坊部十八調中正宮南呂宮中均有瀛府大曲）

索拜瀛府　厚熟瀛府　哭骰子瀛府　醉院君瀛府（院君亦作縣君）　懊骨頭瀛府（懊一作燠）賭錢望瀛府

梁州七本（按宋史樂志及通考教坊部十八調中正宮調、道宮調、仙呂宮、黃鐘宮、均有梁州大曲。）

四僧梁州　三索梁州　詩曲梁州　頭錢梁州　食店梁州　法事饅頭梁州（梁州一作伊州）

伊州五本（按宋史樂志及通考教坊部十八調越調，歇指調中，均有伊州大曲。）

領伊州　鐵指甲伊州　鬧五伯伊州　裴少俊伊州　食店伊州

新水四本（按宋史樂志及通考教坊部十八調雙調中有新水調大曲。新水卽新水調之略。）

桶擔新水（桶一作橘）　雙哮新水　燒花新水　新水爨

簿媚九本（宋史樂志及通考教坊部十八調道調宮，南呂宮中均有簿媚大曲。）

簡帖簿媚　請客簿媚　錯取簿媚　傳神簿媚　九妝簿媚　本事現簿媚　打調簿媚　拜褥

簿媚　鄭生遇龍女簿媚

大明樂三本（按宋史樂志及通考教坊部十八調大石調中，有大明樂大曲。）

土地大明樂　打球大明樂　三爺老大明樂

降黃龍五本（按宋史樂志及通考教坊部大曲中無降黃龍之名。然張炎詞源（卷下）云：如六么如降黃龍皆大曲。又云：降黃龍袞花十六當用十六拍。今董西廂及南北曲均有降黃龍袞一調，袞者大曲中一遍之名，則此五本爲大曲無疑。）

列女降黃龍　雙旦降黃龍　柳玭上宮降黃龍　入寺降黃龍　偷標降黃龍

胡渭州四本（案宋史樂志及通考教坊部十八調小石調林鐘商中均有胡渭州大曲。）

趕厥胡渭州　單番將胡渭州　銀器胡渭州　看燈胡渭州

石州三本（按宋史樂志及通考教坊部十八調越調中有石州大曲。）

單打石州　和尚那石州（和尚一作石和）　趕厥石州

大聖樂三本（案宋史樂志及通考教坊部十八調道調宮中有大聖樂大曲。）

塑金剛大聖樂　單打大聖樂　柳毅大聖樂

延壽樂二本（案宋史樂志及通考教坊部十八調仙呂宮中有延壽樂大曲。）

黃傑進延壽樂　義養娘延壽樂

賀皇恩二本（按宋史樂志及通考教坊部十八調林鐘商中有賀皇恩大曲。）

扯籃兒賀皇恩　催妝賀皇恩

採蓮三本（按宋史樂志及通考教坊部十八調雙調中有採蓮大曲。）

輔採蓮　雙哮採蓮　病和採蓮

保金枝一本（案宋史樂志及通考教坊部十八調仙呂宮中有保金枝大曲。）

檻偌保金枝

喜慶樂一本（案宋史樂志及通考教坊部十八調小石調中有喜慶樂大曲。）

老孤喜慶樂

慶雲樂一本（按宋史樂志及通考教坊部十八調歇指調中有慶雲樂大曲。）

進筆慶雲樂

君臣相遇樂一本（按宋史樂志及通考教坊部十八調歇指調中有君臣相遇樂即君臣相遇樂之略也。）

裴航相遇樂

中和樂四本（按宋史樂志及通考教坊部十八調黃鐘宮中有中和樂大曲。）

霸王中和樂　馬頭中和樂　大打調中和樂　封隲中和樂

萬年歡二本（按宋史樂志及通考教坊部十八調中呂宮中有萬年歡大曲。）

喝貼萬年歡　託合萬年歡

熙州三本（案宋史樂志及通考教坊部十八調四十大曲中無熙州之名。然洪邁容齋隨筆（卷十四）云：今世所傳大曲皆出於唐，而州名者五，伊、涼、熙、石、渭也。周邦彥片玉詞有氏州第一詞，毛晉注清眞集作熙州摘遍，是氏州卽熙州。摘遍者謂摘大曲之一遍爲之，亦宋人語。則熙州之爲大曲，審矣。）

迓鼓熙州　駱駝熙州　二郎熙州

道人歡四本（案宋史樂志及通考教坊部十八調中呂調中有道人歡大曲。）

大打調道人歡　會子道人歡　打拍道人歡　越娘道人歡

長壽仙三本（按宋史樂志及通考教坊部十八調般涉調中有長壽仙大曲。）

打勘長壽仙　偌賣旦長壽仙　分頭子長壽仙

劍器二本（按宋史樂志及通考教坊部十八調中呂宮，黃鐘宮中均有劍器大曲。）

病爺老劍器　霸王劍器

泛清波二本（按宋史樂志及通考教坊部十八調林鐘商中有泛清波大曲。）

能知他泛清波　三釣魚泛清波

彩雲歸二本（按宋史樂志及通考教坊部十八調仙呂調中有彩雲歸大曲。）

夢巫山彩雲歸　青陽觀碑彩雲歸

千春樂一本（按宋史樂志及通考教坊部十八調黃鐘羽有千春樂大曲。）

禾打千春樂

羅金鉦一本（按宋史樂志及通考教坊部十八調南呂調中有罷金鉦大曲。）

牛五郎罷金鉦（原作罷金征誤）

以上百有三本皆爲大曲，其爲曲二十有八，而其中二十六在教坊部四十大曲中。如降黃龍熙州二曲之爲大曲亦有宋人之說可證。

法曲四本

碁盤法曲　孤和法曲　藏瓶法曲　車兒法曲

宋史樂志有法曲部，其曲二，一曰道調宮望瀛，二曰小石調獻仙音。詞源（卷下）謂大曲片數（卽遍數）與法曲相上下，則二者略相似也。

諸宮調二本

諸宮調霸王　諸宮調卦册兒

按此卽以諸宮調塡曲也。

普通詞調三十本（今於詞調之旁加圈爲識。）

打地舖逍遙樂　病鄭逍遙樂　崔護逍遙樂　四鄭舞楊花　四偖滿皇州（原脫滿字）　浮漚暮雲歸　五柳菊花新　四季夾竹桃　醉花陰爨　夜半樂爨　木蘭花爨　月當廳爨　醉還醒爨　撲蝴蝶爨　滿皇州卦舖兒　白苧卦舖兒　探春卦舖兒　三哮好女兒　二郎神變二郎神　大奴頭蓮　小奴頭蓮　三笑月中行　三登樂院公狗兒　三教安公子　普天樂打三教　滿皇州打三教　三姐醉還醒　三姐黃鶯兒　賣花黃鶯兒

其不見宋詞而見於金元曲調者九本

四小將整乾坤　棹孤舟爨　慶時豐卦舖兒　三笑上小樓　鶻打兔變二郎神　雙羅羅啄木兒　賴房錢啄木兒　園城啄木兒　四國朝

以上一百五十餘種，大曲便占了三分之二，可知北宋時雜劇大多以滑稽爲主，到南宋便多扮演故事，而以歌曲爲之了。其中如崔護逍遙樂（崔護謁漿事）裴少俊梁州（裴少俊牆頭馬上事）封陟和中樂（封鵝上元事）越娘道人歡（元人尙仲賢有越娘背燈雜劇）柳毅大聖樂（柳毅傳書事）崔智韜艾虎兒（崔韜逢雌虎事）浮漚傳永成雙（元人有滴水浮漚記雜劇）等皆是其例。至金時始有院本之名，這種院本的性質與兩宋的雜劇是完全相同的。陶宗儀輟耕錄中載有這種院本名目共六百九十種，其中和曲院本十四本，上皇院本十四本題目院本二十本，霸王院本六本，諸雜大小院本一百八十九本院么二十一本，諸劇院爨一百零七本，（陶氏云院本又謂之五花爨則爨亦院本之異名。）衝撞引首一百零九本，拴搐艷段九十二本，打略拴搐八十八本諸雜砌三十本。

這些搬演故事的院本裏邊是否也照前面所說的那樣滑稽，雖無從詳考，但大約也祇能照後來的北曲同南傳奇的打諢而已。因爲此外我們再不能想到有旁的形式了。

如今這三朝所存的院本雜劇，從武林舊事及輟耕錄二書考究起來，大概可分爲幾種：

（一）正雜劇　按都城紀勝上說：是大抵全以故事世務爲滑稽；本是鑑戒隱諫諍。所以正雜劇是搬演故事而加以滑稽的。至於它們裏邊的插科打諢，也大概同打參軍相似，我們就後面宋人所記雜劇的情形便可以看出。續墨客揮犀紀：熙寧五年太皇生辰；教坊例有「獻香雜劇」時判都水監侯叔獻新卒。伶人假爲一道士善出神，一僧善入定。或詰其出神何所見？道士云：「近曾出神至大羅天，見玉皇殿有一人披紫金，孰視之乃本朝韓侍中也。手捧一物，竊問傍立者，曰：韓侍中獻國家金枝玉葉萬世不絕圖。」僧曰：「近入地獄見閻羅殿側有一人，衣緋垂魚，細視之，乃判都水監侯工部也。手中亦擎一物，竊問左右，云：爲奈何水淺獻圖所別開河道耳。」張瑞義貴耳集：壽皇賜宰執宴，御前雜劇，妝秀才三人。首問曰：第一秀才仙鄉何處？曰：上黨人。次問第二秀才仙鄉何處？曰：澤州人。次問第三秀才，曰：湖州人。又問上黨秀才，汝仙鄉出何生藥？曰：某鄉出人參。次問澤州秀才，汝鄉出何生藥？曰：某鄉出甘草。次問湖州出甚生藥？曰：出黃蘗。如何湖州出黃蘗？最是黃蘗苦人。當時皇伯秀王在湖州，故有此語。按此兩則特別標出『御前雜劇』，當然不是打參軍卽滑稽劇的了。

（二）爨　輟耕錄云：宋徽宗見爨國人來朝，其衣冠蹊履巾裹傅粉墨，舉動可笑，使優人效之以爲戲。可知這種戲是外來的。在宋金時代，爨同雜劇的重要相等，並且是單獨分開的。如上文武林舊事中所舉宋理宗王基聖節排當樂次裏便有吳師賢已下進雜劇做君臣賢爨爨的結構是以歌唱及滑稽爲主。元杜善夫的莊家不識勾欄一曲裏說的很清楚，茲節錄如下：

一個女孩兒轉了幾遭，不多時引出一火中間一個央人貨，裏着枝皂頭巾，項上插一管筆，滿臉石灰。更着些墨道兒抹——知它是如何過？渾身上下則穿領花布直掇。念了會詩共詞，說了會賦與歌，無差錯；唇天口地無高下，巧語花言記許多。臨絕末，道了低頭撮。——却爨罷，將么撥。

元曲選喬夢符金錢記水仙子調：今日可便輪到我粧么。『么』，大概是以演故事爲主，如輟耕錄中所舉王子端捲簾記張與夢孟楊妃女狀元春桃記龍方溫道德經吳彥舉魯季王紅梨花玎璫天賜姻緣等，這些裏邊除了紅梨花或者是謝金蓮事，春桃記或者是黃崇嘏事之外，大約都是宋金時候流行的故事。不過『么』裏邊我們看不出有歌唱詞曲的痕跡罷了。

（三）衝撞引首　大概是在演院本時開場時用的。所以叫做引首。也許同後來元雜劇中的「楔子」是同樣的性質。它裏邊似乎是歌唱、詞曲同演的故事，而萬不會同正院本及爨么那樣的複雜。

（四）拴搐豔段　這種院本其實就是豔段。都城紀勝說：雜劇先作尋常孰事一段名曰豔段。

次作正雜劇，通名爲兩段。不過後來瓦舍內演劇不能像教坊一樣用多少部連合起來；衹能就作各種院本，而因爲習慣上的關係，仍舊是一場兩段，於是豔段就成爲正雜劇的介係物了；它上面加以拴搐，（拴，俗語稱將物捆縛到一處作柱。搐，是牽制的意思。）的字樣，也是這個原故。其中除少數搬演故事如襄陽會、罵呂布、風花雪月（元人有風花雪月雜劇）建成訪載、范蠡、襄陽府，其餘所演恐怕多是當時流行的事了。

（五）打略拴搐　這大約是用來代替豔段的內容多主滑稽。可以分爲三種：

（1）說各種物名的，如：

星象名，果子名，草名，軍器名，神道名，燈火名，衣裳名，鐵器名，書籍名，節令名，虀菜名，縣道名，州府名，相撲名，法器名，門名，軍名，魚名，菩薩名，賭博名，着棋名，樂人名，官職名，花名，喫食名，佛名。

（2）扮各行人的，如：

和尚家門，先生家門，秀才家門，列良家門，禾下家門，大夫家門，卒子家門，邦老家門，都子家門，孤下家門，仵作行家門，撅倈家門，司吏家門。

（3）作各種雜使的，如：

難字兒，酒下拴，唱尾聲，猜謎。

（六）諸雜砌　叫作諸雜砌或者是兩宋同遼時的推班，但雜班都是扮成各行人作滑稽的，而諸雜砌之內則兼有演故事的，如：

梅妃，趙娥娥，玉環，武則天，黃巢，史弘肇。

以上關於兩宋同遼金雜劇院本的結構，據我們的推測大概是如此。總之，宋雜劇與金院本多是歌曲的敍事體，還未曾踏進代言體的階級。到元曲產生的時代，中國的戲曲方才正式的成立。

第四章　元曲的淵源及其與蒙古語的關係

在下文未討論元曲與蒙古語關係以前，我們先須得略述宋代的大曲。上章根據王國維先生的統計武林舊事及輟耕錄中所載宋金雜劇院本的存目中三分之二都是大曲大曲之名始於南北朝，唐代九部樂中均有大曲這些大曲後來大多佚亡了，祇餘胡樂大曲，如今教坊記中還有存目共四十種。宋代的大曲存於今者以樂府雅詞(卷上)所載董穎西子詞簿媚，王明清玉照新志（卷二）曾布水調歌頭，鄧峯眞隱漫錄（卷四十五），史浩採蓮三曲爲較長，但其中遍數都不完全。王灼碧鷄漫志（卷三）說：凡大曲有散序、靸、排遍、攧正攧、入破、虛催、實摧、衮遍、歇拍、殺衮始成一曲，謂之大遍。董穎簿媚祇從排遍起，散序和靸都沒有了。這首詞頗有歷史的價值，各家詞選中都少紀載，元曲形式方面的淵源，可說是從這種大曲演化而來的。

簿媚（西子詞）　董穎

排遍第九

怒潮卷雪，巍岫布雲，越襟吳帶如斯，有客經游，月伴風隨，値盛世觀此江山美。合放懷何事却興悲？不爲回頭舊谷天涯，爲想前君事，越王嫁禍獻西施，吳卽中深機。闔閭死，有遺誓，勾踐必誅夷。吳未干戈出境，倉卒越兵，投怒夫差，鼎沸鯨鯢，越遭勁敵，可憐無計脫重圍！歸路茫茫，城郭邱墟，飄泊稽山裏，旅魂暗逐戰塵飛，天日慘無輝。

排遍第九

自笑平生，英氣凌雲，凜然萬里宣威。那知此際，熊虎途窮，來伴麋鹿卑棲，旣甘臣妾猶不許，何爲計？爭若都燔寶器，盡誅吾妻子，經將死戰決雄雌，天意恐憐之！偶聞太宰正擅權，貪賂市恩私，因將寶玩獻誠。雖脫霜戈，石室囚繫憂嗟，又經時。恨不如巢燕自由歸。殘月朦朧，寒雨瀟瀟，有血都成淚，備嘗嶮厄反邦畿，寃憤刻肝脾。

第十攧

種陳謀，謂吳兵正熾，越勇難施；破吳策，唯妖姬，有傾城妙麗，名稱（一作字）西子，歲方笄。算夫差惑此，須致顚危。范蠡徽行，珠貝爲香餌，苧蘿不鈞鈞深閨，香餌果殊姿，素肌纖弱，不勝羅綺，鸞鏡畔，粉面淡匀。梨花一朶瓊壺裏，嫣然意態嬌春。寸眸剪水，斜鬟鬆翠。人無雙宜，名動君王，翠履容易，來登玉陛。

入破第一

窣湘裙，搖漢珮，步步香風起。斂雙蛾，論時事，蘭心巧會君意。殊珍異寶，猶自朝臣未與，妾何人被此隆恩！雖令效死。奉嚴旨，隱約龍姿忻悅，更把甘言說。辭俊美質娉婷，天教汝衆美兼備。聞吳重色，憑汝和親，應爲靖邊陲。將別金門，俄揮粉淚，靚粧洗。

第二虛催

飛雲馭香車，故國難回睇，芳心漸搖，迤邐吳都繁麗。忠臣子胥，預知道爲邦祟，諫言先死，願勿容其至，周亡褒似，商傾妲己。吳王却嫌胥逆耳，纔經眼便深恩愛，東風暗綻嬌蘂，綵鸞翻妒伊，得取次于飛共戲，金屋看承他宮盡廢！

第三袞遍

華宴夕，燈搖醉粉，菡萏籠蟾桂。揚翠袖，含風舞，輕妙處驚鴻態。分明是瑤臺瓊榭，閬苑蓬壺景，盡移此地。花繞仙步，鶯隨歌吹。寶帳煖留春，百和馥郁融鴛被。銀漏永，楚雲濃，三竿日猶褪霞衣。宿酲輕腕嗅，宮花雙帶繫。合同心時波下比目，深憐到底。

第四催拍

耳盈絲竹，眼搖珠翠。迷樂事，宮闈內。爭知國勢陵夷，姦臣獻佞，轉恣奢淫。天譴歲屢飢，從此萬姓離心解體。越遣使陰窺虛實，蚤夜營邊備。兵未動，子胥存。雖堪伐，尚畏忠義。斯人旣戮，又且嚴兵卷土赴池。觀釁種蠡，方云可矣。

第五袞遍

機有神，征鼙一鼓，萬馬襟喉地。庭喋血，誅留守，憐屈伏，斂兵還，危如此。當除禍本，重結人心，爭奈竟荒迷。戰骨方埋，靈旗又指。勢連敗，柔荑攜泣，不惡相拋棄。身在兮心先死，宵奔兮兵已前圍。謀窮計盡。唳鶴啼猿，聞處分外悲。丹穴縱近，誰容再歸！

第六歇拍

哀誠屢吐，甬東分賜，垂暮日，置荒隅！心知愧，寶鍔紅委。鸞存鳳去，辜負恩憐，情不似虞姬。尚望論功，榮歸故里？降令曰：吳無赦汝，越與吳何異？吳正怨，越方疑。從公論，合去妖類。蛾眉宛轉，竟殞鮫綃，香骨委塵泥！渺渺姑蘇，荒蕪鹿戲！

第七煞袞

王公子，青春更才美，風流慕連理。耶溪一日，悠悠回首凝思，雲鬟烟鬢，玉珮霞裾，依約露妍姿。目送驚喜，俄迂玉趾，同仙騎洞府歸去，簾櫳窈窕戲魚水，正一點靈通，遽別恨何已。媚魄千載，教人屬意，況當時金殿裏？

樂府雅詞中除此曲而外，還有水調歌、逍遙樂諸曲。這種大曲遍數既多，所以便於敍事。原來宋代的歌曲就是人人都知道的『詞』，——又叫做近體樂府或長短句——這詞起於中唐，經過晚唐五代，作者漸多，及宋而大盛。宋人每有讌會，都要歌『詞』以侑觴的。不過這種詞祇是歌而不舞，有時或祇一闋，有時或重疊詠，稍後才有這種大曲出現，多至二十遍，最便於敍事，但還是歌舞戲的一種。陳暘樂書說：大曲前後緩疊不舞，至入破則羯鼓、襄鼓、大鼓與絲竹合作，勾拍益急，舞者入場，投節制容，故有催拍歇拍，姿致俯仰，百態橫出。我們可以想見當時這種歌舞戲的狀態了。毛奇齡西河詞話中有一段說由宋代而至元雜劇，中間歌舞情狀的演變，使我們更明白元曲的形式確是從大曲而來。毛氏說：古歌舞不相合，歌者不舞，舞者不歌，即舞曲中詞亦不必與舞者搬演照應。自唐人作柘枝詞蓮花鏇歌，則舞者所執與歌者所措稍稍相應，然無事實也。宋末有安定郡王趙令畤者，始作商調鼓子詞，譜西廂傳奇，則純以事實譜詞曲間，然猶無演白也。至金章宗朝，董解元不知何人，實作西廂搊彈詞，則有白有曲，專以一人搊彈并念唱之。嗣後金作清樂仿遼時大樂之製，有所謂連廂詞者，則帶唱帶演，以司演一人，琵琶一人，笙一人，笛一人，列坐唱詞，而復以男名末泥，女名旦兒者，并雜色人等入勾欄扮演，隨唱詞作舉止，如『……參了菩薩……』，則末泥祗揖。『……只將花笑撚，』則旦兒撚花類，北人至今謂之連廂，曰打連廂，唱連廂，又曰連廂搬演，大抵連四廂舞人而演其曲，故云。然猶舞者不唱，唱者不舞，與古人舞法無以異也。至元人造曲，則歌舞合作，一人使勾欄舞者自司歌唱，而第設笙歌琵琶以和其曲，每入場以四折爲度，謂之雜劇。

宋時這種敍事歌舞戲的發達，與宋人『平話』的興起是很有關係的。平話即今所謂『白話小說，』大概多市井間以俚語來敍述故事的民間文藝。宋代大曲在形式上雖然有聲韻可歌，與詞有密切的關係，但他的內容實是受了這些平話的影響，所以才得逐漸攙以故事的成分在歌詞裏邊。今所存僅五代平話及京本通俗小說殘本。據這兩種書看來都先以詩起，次入正文，又以詩終。吳自牧夢粱錄（卷二十）所紀當時執此業者謂之『說話人』凡有四科：（一）說小說者，小說名『銀字兒』如烟粉、靈怪、傳奇、公案、撲刀、扞棒、發跡變態之事……談論古今，如水之流。（二）談經者，謂演說佛書。說參禪者，謂賓主參禪悟道等事……。又有說諢經者。（三）講史書者，謂講說通鑑漢唐歷代文傳興廢戰爭之事。（四）合生，與起今隨今相似，各占一事也。其餘如武林舊事（卷六）東京夢華錄（卷五）都城紀勝諸書皆有大同小異之紀載。可見宋南渡以後，此風猶未有改變。所以我的淺見以為宋大曲所以趨向於敍事的歌舞戲的原因，大概是那時平話很盛行。後來敍事的題材漸加繁雜，大曲的形式便覺得不够應用了，便不能不將從前那些歌詞的調名——又叫做曲牌，結合起來，以便敍述一個較長的故事，於是才有合諸曲而成的諸宮調。（諸宮調以董解元西廂記為始創，故董西廂亦稱諸宮調。）諸宮調大多是從前的小說故事，（比如『輭秀才』一調，大約便是形容那個秀才的懦弱柔輭。）每一宮調的組織多或十餘曲，少或一二曲。（宋人所用大曲和轉踏不過一曲。）如今陶宗儀輟耕錄及寧獻王太和正音譜中還完全載着。不過這些宮調中所用的調名，雖多與唐宋詞調相同，但它們的韻律和譜法却已大有區別了。元曲中小令如青玉案、搗練子，長調如瑞鶴仙、賀新郎、滿庭芳、念奴嬌或稍易字句，或只用其名而盡變其調，（按調中所謂小令中調長調之目，蓋始見於草堂詩餘，後人遂相沿用。毛先舒詞餘叢話曾加以反駁，他說：五十八字爲小令，五十九字至九十字爲中調，九十一字以外爲長調，古人定例也。……所謂定例，有何所據？若以少一字爲短，多一字爲長，必無是理，如七娘子有五十八字者，有六十字者，將名之曰小令乎？抑中調乎？如雪獅兒有八十九字有九十二字者，將名之曰中調乎？抑長調乎？故詞調長短如此分法，也是不妥的。姑附記於此，以供參考。）這樣一來，調與曲便分而爲二，各爲一個時代文藝的階段了。

關於宮調的解釋，我們不妨在這裏略說一下。我國古代論聲律之學的書，眞是『汗牛充棟』，然而他們著書的人，說來說去，大多連自己也莫名其妙的，所以我們講元曲的音韻，可以不必顧慮到古來的呂律問題，以免陷入古人的迷徑。

古代律呂中有所謂十二律者，謂之太簇、姑洗、蕤賓、夷則、無射、黃鍾、（以上陽律）太呂、應鍾、南呂、林鍾、仲呂、夾鍾（以上陰律。）又有所謂七聲者，謂之宮、商、角、徵、羽、變宮、變徵。這十二律與七聲相乘便成爲八十四調。古代的樂工根據這八十四調譜成各種樂曲。但到宋時因爲歌詞的聲韻逐漸演化，樂工們便感到煩難了，於是便將徵聲及變宮變徵省去只餘宮商角羽四聲以乘十二律得四十八調。凡以宮聲乘律的都叫做宮，以商角羽乘律的都叫做調，宮調之名卽原於此。宮調的作用，吳梅顧曲麈談說：宮調者所以限定樂器管色之高低也。如今這四十八調已有亡佚，據周德淸中原音韻所載，僅六宮十一調，故總名之十七宮調——

仙呂調（出於夷則）淸新綿邈　　南呂宮（出於林鍾）感嘆傷悲
中呂宮（出於夾鍾）高下閃賺　　黃鍾宮（出於無射）富貴纏綿
正宮（出於黃鍾）惆悵雄壯　　道宮（出於仲呂）飄逸淸幽（以上六宮）
大石（出於太簇）風流蘊藉　　小石（出於仲呂）旖旎嫵媚
高平（出於林鍾）條拗滉漾（拗奮誤拘）　　般涉（出於黃鍾）拾掇抗塹
歇指（出於林鍾）急併虛歇　　商角（出於夷則）悲傷宛轉
雙調（出於夾鍾）健棲激裊　　商調（出於夷則）悽愴怨慕

角調（出於無射）嗚咽悠揚　　宮調（出於黃鍾）典雅沉重

越調（出於無射）陶寫冷笑

以上十七宮調，到元時欲指、角調、宮調已亡佚，僅存十四宮調了。元曲中一套宮調須得一定的曲牌配合，其所用曲牌大多出於金院本之大曲，及唐宋詞，及隋唐以來雅樂諸宮調中的各曲，茲分列於下：

（一）出於大曲者十一——

黃鍾　降黃龍袞。　　正宮　小梁州，六么遍。

大石　催拍子　　小石　伊州遍

仙呂　八聲廿洲，六么序，六么令。　　中呂　普天樂，齊天樂。

南呂　梁州第七

（二）出於唐宋詞者七十五——

黃鍾宮　醉花陰，女冠子，人月圓等八章。

正宮　滾繡球，菩薩環二章。

大石　歸北塞，念奴嬌，百字令等六章。

中呂　粉蝶兒，滿庭芳等八章。

南呂　烏夜啼，感皇恩，賀新郎等三章。

雙調　駐馬聽，靑玉案，減字木蘭花等十九章。

越調　梅花引，南鄉子，唐多令等八章。

商調　逍遙樂，秦樓月等五章。

商角調　黃鶯兒，踏莎行等四章。

（三）出於諸宮調中各曲者二十八——

黃鐘　出隊子，刮地風等七章。

正宮　脫布衫一章。

大石　荼蘼香，玉翼蟬然二章。

仲呂　勝葫蘆等三章。

中呂　迎仙客等四章。

南呂　一枝花，牧羊關二章。

雙調　慶宣和，攪琵琶二章。

越調　青山口，凭欄人等四章。

般涉調　耍孩兒，牆頭花等四章。

此外還有快活三、四邊靜等十章，名雖不見於古調曲，但有蹤跡可尋，知決非創造。至其聲調配置之法，當詳後章，這里暫不忙說。

元曲在形式方面的淵源和嬗變，上文所論，我們大概已明白了。以下才來討論元曲與蒙古語的關係。

語言這個東西本是富有流動性的，人類各個大團結間，除非是『老死不相往來』的人，都不免要發生語言的相互的影響。這個原因決非有意的作爲，乃是人類社會活動中自然留下的痕跡。

我們看漢代與西域的關係最密，所以一部分的外國語言，如今猶見於古籍中，史記匈奴傳的冒頓，慕容等，便是其例。又如唐代佛教盛行，故佛乘的翻譯中，更多外國語言，後世習見不驚，久之便成爲常語了。如內典中『如是我聞』(Evain Maya Srutam) 一類的語法，可不勝枚舉。遼金元三朝是中國北部的民族與外來民族『血肉相搏』的時代，中國語言所受的影響，當然更爲顯著。那時這三個民族雖然都比中國的文化低下，但因爲他們握着了中國的政治全權，中國北部的風俗習慣，方言俚語，都不能不起些變化。而當時蒙古人之受中國文化薰陶，因而在中國文學上美術上有聲名的，也是不在少數。徐𤊹元八十種詩序說：

天錫易之崛生窮髮不毛之域，流商刻羽，含英咀華，駸駸闖作者之室；豈非奇渥溫氏帝天下，而風會極一時之盛歟？

天錫是薩都剌的字，著有鴈門集，有人說他不是蒙古人，是『華人所謂濟善一語』曲解薩都剌爲蒙古語的，（見四庫全書提要引千文傳鴈門集序。）但我們如果仔細一考究他的身世，確知是一個異族人。易之是迺賢的字，著有金臺集。可見元時中國文學對於異族所生的反響是很絢爛的。

元人既入主中國，文化既低，又無文字，在行政方面確感到許多困難，於是第一步功夫，元朝便不能不制作他們本族的文字了。元史（卷二百二釋老傳）

世祖中統元年命製新字僅千餘，其母凡四十有一，其相關紐而成字者，則有韻關之法，其以二合三合四合而成字者，則有韻語之法：而大要以諧聲爲宗。字成，頒行天下。又於州縣各設蒙古字學教授以教習之，故當時頗有知其義者。

顧氏日知錄之餘（卷四）亦載：

洪武十五年正月丙戌（按四庫提要據永樂大典本作二十二年。）命編類華夷譯語上。以前元素無文字號令，但以高昌書制爲蒙古字以通天下語，至是乃命翰林侍講火源潔（按錢曾讀書敏求記作史源潔，當係訛謬。）與編脩馬沙亦黑等以華言譯其語。凡天文、地理、人事、物類、服食、器用，靡不具載。復取元祕參考紐切其字以諧其聲音。既成，詔刻行之。自是使者往來朔漠，皆能通達其情。

蒙古人既制作文字，便有翻譯成漢文的，如今元朝祕史（葉氏觀古堂影抄本）的譯文，正可見得當時華語受蒙古語的影響，其譯文語法與元劇賓白甚多相同之處，亦是很顯明的例證。輟耕錄中載有蒙古人的大曲十六首小曲十二首，窺其形式，頗與院本名目相髣髴，可惜陶氏未錄其詞，我們這里不敢妄測。

蒙古語言既在中國北部社會中發生了關係，在文字上也當然要遺留不少的痕跡，所以那時中國北部的音韻便微微地起了變化，中國文學也隨着掀起一層壯美的波浪，爲中國三千年來文學史上可特書的民間文學。元曲在音韻方面的變化與宋詞有顯然的區別，是我們無容疑義的，而蒙古語的攙入，實是其間重要的原因。王元美藝苑巵言說：

金元入主中原，舊詞之格，往往於嘈雜緩急之間，不能盡按，乃別創一格以媚之。

所謂『別創一格以媚之，』其實便是宋詞的樂調已經不能供給樂人的應用了。元曲所用的宮調曲牌雖從宋詞假借而來，但它的歌法卻與宋詞已有差異，前面已經說及，宋詞的歌譜流傳至今的僅白石詞集的旁譜十七支，其間所有『ㄠ』『リ』『フ』『人』等字與後世譜字已不相合，而且詞中的節拍、緩急、強弱的歌法究竟是如何，我們現在雖不敢肌測，但可斷言宋詞決不如北曲那樣的馳驟，南曲那樣的柔峭，這是宋詞和元曲在音律上不同的一點。至今詞與曲的結構作法等，亦都各不相同，我們於是再從別的方面去尋線索吧。

從來論曲的人都以爲元曲是淵源於金章宗時董解元的西廂搊彈詞，這說初見於陶九成輟耕錄『金章宗時有董解元始造西廂記，今世傳習已寡。』（按武林舊事院本存目中有鶯鶯六么，則在董解元之前已有人將這故事譜曲了。）這部西廂搊彈詞與後來元代王著西廂記詞句和作法多不相同，前者歌時口裏須念着詞句，手裏要彈着三弦，所以稱爲搊彈詞，又稱弦索西廂，又稱諸宮調曲。如果以元劇題材的歷史而論，這部書要算是元代戲曲的開山創作。（雖然它的本事是根據趙德麟的蝶戀花，而蝶戀花又是從唐元稹的會眞記而來的。）但以音韻的關係而論，董西廂仍是未可與元曲相提並論。施國祁禮耕堂叢說說：舊見傳是樓書目有古本西廂記爲董解元作，既閱輟耕錄知其爲金章宗時人，此本明隆萬前與關漢卿本幷稱，而周憲王羣英雜劇載關氏六十本中無此目；惟王實甫二十二本內乃有西廂記五本。自關王各立，董氏遂掩。緣此曲是搊彈家詞，以金人本音歌之最合。元人音韻漸變，故多改古本，別創新詞。可知董西廂雖爲元曲形式的淵源，（日本鹽文雜誌二年三號，有狩野直喜元曲由來與白仁甫的梧桐雨一文，據金元詩選王傅文序，因自唐以來元白係世交，而在文學界有「元輕白俗」的批評，從而推論白仁甫受元好問之影響，梧桐雨一劇，以時代而論，當爲元曲始創之作。但我以爲他的說法無論如何，不能推翻董西廂與王關西廂記演變的鐵證。所以我上邊的話，並無什麽創見，仍舊本前人的舊說而已。）而元曲的音韻則是後來蒙古人入主中原而後纔漸漸改變了的。明人衡曲麈談（晨風閣叢書本）說：

自金元入中國，所用胡樂，嘈雜緩急之間，詞不能按，乃更製新詞以媚之。作家如貫酸齋馬東籬輩，咸富於學，兼擅音律，擅一代之長。大江以北，漸染胡語。

貫酸齋是元初的蒙古人，有酸甜樂府，擅長中國戲曲。那時蒙古人對於中國文學都十分愛好，很出了幾個著名的戲曲家，我們下章中還要再說。徐渭南詞敍錄（晨風閣本）亦云：

聽北曲使人神氣鷹揚，毛髮灑淅，足以作人勇往之志，信胡人之善於鼓怒也。所謂其聲噍殺以立怨是已。

北方胡馬之地，天高風緊，他們的音樂自然也脫不了那種氣概。一與漢人相接，中原的音韻便呈一劇變，我們現在試將元曲選中漢宮秋一劇的音釋與元以前的韻書略一比較，便可明白蒙古語與元時中國戲曲的關係了。

漢宮秋第一折——

〔仙品點絳唇〕車輾殘花，玉人月下吹簫罷，未過宮娃，是幾度添白髮！（元音釋輾爲奴曲切，廣韻韻會正韻並作女箭切。元音釋髮爲方雅切，廣韻集韻正韻并作方伐切。）

〔油葫蘆〕……休怪我不曾來往乍行踏，我特來塡還你這淚揾濕鮫綃帕，温和你露冷透凌波襪。（元音釋踏爲當加切，唐韻他合切，集韻託合切。元音釋襪爲忘罵切，唐韻望發切，集韻勿發切）。

〔天下樂〕和他也弄着精神射絳紗。卿家你覷咱，則他那瘦岩岩影兒可喜殺。（元音釋爲雙鮓切，唐韻所八切，集韻韻會正韻并作山戛切。）

〔醉中天〕……若是越勾踐姑蘇臺上見他，那西施半籌也不納，更敢早十年敗國亡家。（元音釋納爲囊亞切，廣韻奴答切，集韻諾答切。）

〔金盞兒〕我看你眉掃黛，鬢堆鴉，腰弄柳，臉舒霞，那昭陽到處難安插。（元音釋爲插爲抽鮓切，唐韻楚洽切，集韻韻會正韻測洽切。）

第二折——

〔南呂隔尾〕悠的般長門前抱怨的宮娥舊，怎知我西宮下偏心兒夢境熟！（元音釋熟爲裳由切，玉篇市六切，廣韻殊六切。）

〔鬬蝦蟆〕吾當僝僽他也——他也紅粧年幼，無人搭救。昭君共你們有甚麼殺父母冤讎？（元音釋僝爲鋤山切，廣韻昨閑切，集韻子兗切。）

元曲的音韻旣與舊譜有了差異而益臻於細密，（如王實甫西廂記麻郎兒『忽聽，一聲，猛驚。』太平令『自古相女配夫。』傷梅香雜劇中『不妨，莫妨我當。』等句，韻律是何等的細緻。）一般作家遂失其所守，周德清中原音韻自序說：每病今之樂府有遵音調作者，有增襯字作者，有板行逢雙不對，襯字尤多，文律具謬。而指時賢作者有韻脚用平上去不二云也。又說：自關鄭白馬新製作，韻共守自然之音，字能通天下之語，字暢語俊，韻促音調。周氏中原音韻之作，卽是爲了這個原故。中原音韻是元代作家所持以譜曲的標準韻書，以平聲分爲陰陽，以入聲配隸三聲，分爲十九部。他之所以把入聲配隸三聲，是因爲『北音舒長遲重，不能作收藏短促之音，凡入聲皆讀入三聲（平上去。）』近來有人以爲元曲入聲派入三聲是因爲詞曲演進的關係，但何以明時南曲又有入聲呢？就是現在崑劇中每遇入聲的字，必須唱出。可見元曲入聲派入三聲，無論如何與蒙古語是有關係的。

至於現存元曲選中所有的蒙古語言單詞隻字，我們還可舉出若干以爲例證。（我想如果臧氏把劉延伯所藏元劇二百餘種盡行刊布，那必然更可保存着許多由蒙古語轉變而來的方言俚語，爲我們現在的參考資料。）如關漢卿竇娥冤之『哈喇』馬致遠薦福碑之『曳剌，』與虎頭牌劇中旦扮茶茶，金元人呼女爲『茶茶，』王實甫西廂記中之『哩也波哩也囉，』及元曲中常見之『你每，』每字卽華語『們』字，當從元朝祕史中轉譯而來；又如鄭所南心史中嘗謂如今『歹』字，亦爲蒙古語，諸如此類，若細檢出來，更可作一番研究，這里不過略舉數例而已。

第五章　元曲的作法

欲明白元曲的作法，不可不先知道元曲的分類。元曲以雜劇爲主，此外則有戲曲、套數、小令。戲曲是元曲中最長的，有的十二折一本，有的三十二折一本，更有四十餘折一本。如吳昌齡的西遊記王實甫的西廂記、破窰記等，各有四本或二本，皆是其例。套數是一宮調中諸曲爲一套，歌時只用絃索，略似雜劇中的一折；但無賓白，都是自敍，不尙代言，故有別於整套的劇曲，又稱散套，元人又謂之樂府。套數的體裁，雖較元雜劇爲簡短，但它的音律亦是很嚴的——要不重韻，無襯字，韻險而語俊。王伯良說：套數之曲，有起有止，有開有闔，須先定下間架，立下主意，排下曲調，然後遣白，然後成章。其妙處不在聲調之中，而在句字之外。又須煙波渺漫，姿態橫逸，攬之不得，挹之不盡。摹歡則令人神蕩，寫怨則令人斷腸，不在快人而在動人，此所謂風神，所謂標韻，所動吾天機，不知所以然而然，方是神品，方是絕技。元人擅此者，如馬致遠的秋思，實百中無一之作。小令是很短可愛的一種小調，略似宋詞的一闋，至多不過五十八字，以此別於中調長調。小令在元曲中也具有一種特別的風格：字字要看得精細，着一戾句不可，着一草率字不得。元人擅此者以張小山最爲名家。元曲除了以上四種，還有院本，本金代院本之遺，說已見前章。這四種（戲曲、雜劇、套數、小令）中戲曲的作品很少，套數和小令雖也是元曲最優美的文學，但還不是元代文學的中心。元代文學的中心，厥惟元雜劇是代表三千餘年來中國文學史上一代的文學：它具有豐富的時代精神，自成段落，前無古人，後無來者；至於其作家之盛，作品之多，最能發洩民衆的精神，描寫社會的狀況的也是元代這種雜劇。今將其結構以四項分述於左：——

（一）折數　元雜劇大抵以四折組合而成一劇，每折以一宮調之曲一套譜作。分折的意思髣髴如現在戲劇的一幕，其前或加以楔子，（昔人謂北曲之楔子即南曲之引子，其實不然）以補四折不足之意。楔子或在前或在各折之間，而間亦有例外者，如紀君祥趙氏孤兒大報讐一劇共有五折，又有張時起賽花日秋千記今雖不存，雖據錄鬼簿所記，則有六折，六折以上便未見聞了。這種變例，大概是因爲劇情過於複雜，所以轉折之間不能不多補一折，纔能盡意。明人淩濛初西廂記凡例十則說：北曲每本只四折，其情事長而非四折所能盡者，則又另分有一本，如吳昌齡西遊記則有六本，王實甫破窰記麗春園販茶船進梅諫子公高門等各有二本可證。又如無名氏馬陵道雜劇中則有兩個楔子，其功用還是補助劇情的不足，我們不能便以此而非難元曲的體例。每折之中有科有白唱者只限正角一人，他色則有白無唱。（若唱祇限於楔子中。）最末的第四折中之唱者，則非正角如末或旦——一劇的主要人物不可。每劇的終結，必繫以『題目』『正名』以檃括全劇大旨，如李致遠還牢末一劇以正末李孔目當場因以名全劇，無名氏貨郎旦是因旦正張三姑爲貨郎旦故名。錄鬼簿載關漢卿有擔水澆花旦中秋切鱠旦，吳昌齡有貨郎末泥，尚仲賢有沒興花前秉燭旦，楊顯之有跳神師婆旦，命名都是同樣的意思。這種章法似乎是從宋人的平話而來，（宋人平話每於文題之下，各係以七言，與元劇的題目正名極相類。）

（二）曲調　論戲劇的曲調實是很繁難的事情，董解元的西廂到元代已罕解者，何况元雜劇的曲調更較董西廂爲繁宂咧。

元雜劇的曲調，前章已略說過，如今中原音韻太和正音譜及輟耕錄中還可見得，但已不大完全了。中原音韻所錄者黃鐘宮二十四章，正宮二十五章，大石調二十一章，小石調五章，仙品四十二章，仲呂三十二章，南呂二十一章，雙調一百章，越調二十五章，商調十六章，商角調六章，般涉調八章，總共三百三十五章。（章即曲也。）而其中小石商角般涉三調，在現存的元劇中從未見用過。故輟耕錄所紀亦無此三調之曲，僅有正宮十五章，黃鐘十五章，南呂二十三章，中呂三十八章，仙呂三十六章，商調十六章，大石十九章，雙調六十章，共二百三十章，二者不同，而太和正音譜所錄則全與中原音韻同。此外元人套數小令中所用的還有百餘種。這些宮調的配置有許多是很矛盾的。比如宮聲於黃鐘起宮，不曰黃鐘宮而曰正宮，於林鐘起宮，不曰林鐘宮而曰南呂宮，於無射起宮，不曰無射宮而曰黃鐘宮。其餘諸宮又各立色名，都是令人難解的。又如調聲之黃鐘之管色最長，長是極濁的，無射之管色最短，（應鐘更短於無射，因無調故不論。）短是極清的。又五音中宮商宜濁，徵羽宜清，而中原音韻謂正宮曰『惆悵雄壯，』（參看第四章論十七宮調）越調曰『陶寫冷笑，』前者音聲近於濁，後者音色近於清，這固然是合於呂律的，然而獨無射之黃鐘是清律，而硬說是『富貴纏綿，』豈不成爲濁音了？諸如此等，殊不可解。這不能不怪前人的故意賣氣力，卻反而把音律弄得玄之又玄了。

元雜劇曲調的進步，較之從前的大曲，確是自由得多了。一套宮調之中，可以長短不拘，字句亦可增損，如正宮端正好貨郎兒煞尾，仙呂混江龍後庭花青歌兒，南呂草地春鵪鶉兒黃鐘尾，仲呂道和等。又有名同音律不同的，如黃鐘有水仙子，塞兒令，雙調也有水仙子，塞兒令，越調有端正好，正宮也有端正好，仙呂有祆神急，而雙調亦有祆神急，仙呂有上馬京，而商調亦有上馬京，仲呂有鬬鵪鶉，越調亦有鬬鵪鶉，仲呂有紅芍藥，南呂亦有紅芍藥，仲呂有醉春風，南呂亦有醉春風。一調之中又有『襯字』可以轉換調頭，茲錄湯顯之瀟湘夜雨正宮貨郎兒以示其例。（其中小字即爲襯字。）

（想着俺那）淮河渡翻船（的這）災變，也是俺（那）時（乖）運蹇。（大小裏）父南子北見黃泉！（排岸司）救（了）我，（崔老的與我）配姻緣，（今日個誰承望）父子（和這）夫妻兩事見。

此曲亦可入仙呂，句字不拘，可以增損。再據現存元劇看來，第一折必用仙呂點絳唇曲套，第二折多用南呂一枝花曲套，餘則多用正宮端正好，商調集賢賓等調，蓋一時風氣所尚，人人習慣，其聲律之高下，句調之平仄，先已熟記於胸中，臨文時或長或短，隨筆而赴，自無不暢欲言，不然何以元代才人輩出，心思才力日趨新異，而獨於選調一事不能脫去束縛呢？至於一劇情節之悲歡苦樂，大致亦有一定的宮調，如遊賞劇則多用仙呂和雙調等類，哀怨則多用商調越調等類，大概以調合情，故能格外感動人些。

（三）賓白　戲劇必具語言、動作、歌唱三種以演一故事，而後戲劇之意義始全。假如元曲沒有賓白，至多不過比宋調在一套宮調之中多幾個曲牌而已，在中國文學史上許還值不得我們如許的稱揚。宋遼的戲劇，但以詼諧滑稽爲主，並未有合曲與白而歌舞登場者，雖間有之，亦是優人在場臨時杜撰。董解元西廂記首創爲以絃索唱曲，而間以說白，但還不能認爲純粹的演白，蓋有時爲濟曲調之窮轉換襯托而已。到元雜劇時，劇中的關目情節已大擴張，祇憑一宮調之曲實不敷用，而且那時的方言俚語極形發達，非用說白怎能完全表達劇情的關鍵？這是元劇賓白產生的大原因。

有人說：元人諸劇皆佳，而白則猥鄙俚褻，不似文人口吻。蓋由當時皆教坊樂工先撰成間架說白，卻命供奉詞臣作曲，謂之填詞。凡樂工所撰，士流恥爲更改，故事款多悖理，辭句多不過。（見王伯良曲律卷三）其實這是不明白元曲藝術的說話。須知元雜劇以一宮調之宮一套爲折，每折唱者只限一人，假如作者於劇中不同時作賓白，試問正末而外，他色將如何對付？而且曲調中每每有時倘非須用賓白不可，例如漢宮秋第一折的混江龍一闋：——

料必他珠簾不掛，望昭陽一步一天涯，疑了些無風竹影，恨了些有月窗紗。他每見絃管聲中巡玉輦，恰便似斗牛星畔盼浮槎。（旦做彈科）（駕云）是那裏彈的琵琶響？（內官云）是。（正末唱）是誰人偸彈一曲寫出嗟呀！（內官云）快報去接駕。（賀云）不要！（唱）莫便要忙傳聖旨報與他家，我則怕乍蒙恩把不定心兒怕，驚起宮槐宿鳥，庭樹棲鴉。

這一曲中，如果作時不插以說白，試問怎樣轉得過來？可見元劇的說白，斷非樂人杜撰的。元劇中又有全賓全白之分，兩人對說曰賓，一人自說曰白，或說唱者爲主，賓爲白，故曰賓白。大概曲白相生，才能各盡其妙。

（四）脚色　元劇的脚色，各有專司。其源多出自院本而有所增損。夢遊錄云：今坊間開場先引一段尋常事，名曰豔段。次正雜劇爲兩段。末泥色主張，引戲色分付，副淨色發喬，副末色打諢。又或添一人裝孤，其次曲破，斷送者謂之把香。輟耕錄云：傳奇出於唐，宋有戲曲，金有院本雜劇。院本一人曰副淨爲參軍。一曰副末，謂之蒼鶻，鶻能擊衆鳥，末可打副淨故云。一曰引劇。一曰末泥。一曰裝孤，又謂之五花爨弄。柯丹丘論曲謂雜劇有九色：——

正末（當場男子能指事者也，卽夢遊錄所謂末泥。）

副末（執磕瓜以扑靚卽古所謂蒼鶻。）

狚（當場之妓。狚，猵之雌者，性好淫，今俗訛爲旦。或又謂宋伎上場，皆以樂器之類置籃中，擔之以出，號曰花擔，今陝西猶然。後省文爲旦。或曰小獸能殺虎，如伎以小物害人也。）

狐（當場裝官者也。俗稱爲孤。）

靚（傅粉墨獻笑供謟者。粉白黛綠，古謂之靚粧，今俗訛爲淨。）

鴇（妓女之老者。鴇似雁而大，無後趾，文虎喜淫而無厭，諸鳥求之卽就，世呼爲獨豹。）

猱（凡妓女總稱曰猱。猱，猵屬，喜食虎肝腦，虎見而愛之，輒負於背，猱乃取蝨遺虎首，虎卽死，取其肝腦食焉。以喻少年愛色者，亦如遇猱然，不至喪身不止也。）

捷譏（古謂之滑稽，雜劇中取其便捷譏謔，故云。）

引戲（即院本中之旦也）

以上爲元以前雜劇中的角目。元雜劇中的脚色已與前此稍有變更了。末則有正末、副末、冲末、（即副末）小末，如俗風子劇中冲末扮馬丹陽，正末扮俗屠。碧桃花冲末扮張珪，副末扮張道南，貨郎兒冲末扮李彥和，小末扮李春郎。小末亦稱小末尼，東堂老正末同小末尼上是也。冲末又稱二末，神奴兒冲末扮李德義，後稱李德義爲二末是也。旦有正旦、老旦、大旦、小旦、貼旦、色旦、搽旦、外旦、旦兒諸名。中秋切鱠正旦扮唐記兒，旦兒扮白姑姑。碧桃花老旦扮張珪夫人，正旦扮碧桃，貼旦扮徐端夫人。張天師夜斷辰句月搽旦扮封姨，旦兒扮桃花仙，正旦扮陳玉英。神奴兒大旦扮陳氏。陳摶高臥鄭恩引色旦上。誤入桃源小旦上云小妾是桃源仙子侍從的。有單稱旦者，抱妝盒正旦扮李美人，旦扮劉皇后，旦兒扮寇承御。倩女離魂旦扮夫人，正旦扮倩女。丑淨外三色名與今同。碧桃花外扮薩眞人；東堂老並二淨扮柳隆卿、胡子傳；謝金吾詐折清風府外扮焦贊、孟良、岳勝。此外又有孤、徠兒、孛老、邦老、卜兒等目。貨郎旦冲末扮孤，殺狗勸夫外扮孤，勘頭巾淨扮孤，故扮孤不必一定的脚色。金線池搽旦扮卜兒，秋胡戲妻王粲登樓並老旦扮卜兒，合汗衫淨扮卜兒，故扮卜兒亦不是一定的脚色。貨郎旦淨扮孛老，瀟湘雨外扮孛老，薛仁貴榮歸故里正末扮孛老，硃砂擔冲末扮孛老，則扮孛老亦不是一定的脚色。蓋所謂孤是裝官的，卜兒是婦人之老者，孛老是男子之老者，徠兒多不言何色扮之，惟貨郎旦李春郎前稱徠兒後稱小末，則前以小末扮徠兒，那末徠兒是扮兒童模樣的，春郎前幼當扮兒童，故稱徠，後已作官，故稱小末了。邦老之稱，一爲合汗衫之陳虎，一爲盆兒鬼之盆罐趙，一爲硃砂擔之鐵旛竿白正，這幾個都是殺人的，可見邦老是一個狀惡人的脚色。

元劇中還有所謂『砌末』之名，是演劇時所用的什物。此所謂砌末，或者就是續墨客揮犀（宋人撰，失名。）所說的『絲抹』——樂器之類——後來訛爲『細末』，已把原意失掉了。因『細』與『砌』音相近，故疑『砌末』就是『細末』。後來便誤將演劇時一切所用的東西都叫做砌末了。

第六章　元曲的藝術

大凡一種偉大的作品，無論是屬個人或時代的。總脫不掉它所產生的那個時代的思潮和背景。不有春秋戰國的混亂，不有楚懷王的昏庸，何能產生出屈平的離騷，司馬遷不遭腐刑之痛，史記亦不能完成；眞眞偉大的文藝作品，能逃出這個例子的，直是絕無僅有了。元代上承遼金異族侵變之後，南宋文物凋零，人才殆盡，忽而從北方朔漠來了一種專尚武力的蒙古民族，亘據中原，經濟上政治上遂陡然起了大變更。那時元世祖因軍費浩繁，國用不足，趕印了許多交鈔，如『中統元寶交鈔，』後改用『至元交鈔，』又設『平準行用庫許多銀』立『回易庫，』許新舊鈔交換。又任用阿合馬盧世榮桑哥等聚斂之臣，交鈔信用大失，民不聊生，社會秩序異常紊亂。而且元室以異族入主中原，對於中國文化始而反抗，繼而摧殘。元朝分江南人爲十等，有『九儒十丐』之目，文人最不見重於當時社會。當時台省元臣，郡邑正官及雄要之職，中州人多不得爲之，每沈鬱下僚，志不得伸。如關漢卿乃太醫院尹，馬致遠行省務官，宮大用鈎台山長，鄭德輝杭州路吏；張小山首領官，其他屈在籍書，老於布素者，尚多有之。於是以有用之才，而一寓之乎聲歌之末，以抒其拂鬱感慨之懷所謂不得其平而鳴，正是一切偉大文藝作品所以產生的張本。我國文學史中元曲佔有高級的位置，也是這個原因。

元代的曲家上承宋人作詞之風，下因社會環境之壓迫，再以當時胡元俚語流行中原，英秀之士，借文字以抒發胸中抑鬱之情，羣力所致，遂成此尊嚴美麗之藝堂，我們居今日而遊騁其中，真有目不暇給之慨！

元雜劇的創始者，大致都承認關漢卿是第一個作家。漢卿的時代大概在金天興元中統（約二三二——一二六年）二三十年間。此後風會所趨，作家蠭起，元朝百數十年的文壇上，差不多都是戲曲家的跳舞。——有人說元代的科舉是以戲曲取士的，但這話實靠不住。——故元曲作家人才之盛，千古無兩。如今元劇完全存在的，祇有明人臧晉叔（懋循）的元曲選一百種。此外黃蕘圃（丕烈清乾隆時的收藏家）所藏元刊古今雜劇乙種三十種（此書曲多白少，錯字亦多，很難卒讀。）內有十三種是與元曲選重複的，總共一百十種。近人又發見元明雜劇二十一種，其中有五種爲今世刊本所無，則實存一百二十二種。此外元曲還有小令套數，見於現存北宮詞紀、雍熙樂府、陽春白雪、天籟集、樂府新聲、堯山堂外紀、北詞廣正譜及詞林摘艷諸書中各若干種。而臧選一百種之中，大抵皆名噪一時，不必盡爲元人之絕唱。且古人作曲，多自隱其名氏，而鄙俚不文之作，又往往詭託於古之詞人及當代名流而出之。又或原有姓名，相傳既久，不免失脫者，於是眞贋雜陳，故曲本之考證，蓓蓰於古詩文。如今我們研究元曲，這層工作只好暫時不顧了。

現在我們可以進而討論元曲的藝術。元曲的藝術，元人自己也許不曾知道有這回事的。這都是後人用歷史的眼光，批評的態度，來估價前人的作品，看他們在文學史上佔有何等的地位。古今文學作品的內容，大概都不外兩方面：一是內在的感情的抒發，一是外在的生活的描寫。但二者卻不是絕對可分離的。前者以男女間的愛情，骨肉或友誼的悲歡離合爲主，後者以社會現象及生活狀況爲主。中國文學因受數千年禮教的束縛，無論是楚辭、漢賦、唐詩、宋詞，雖然都具有豐富的時代精神，而於一個『情』字，卻都未嘗有深刻的描寫，盡情的抒發，元曲才算打破了這重桎梏，把男女相悅心靈的深處，赤裸裸地表現了出來。這點是元曲最大的成功，值得我們大書而特書的。

元曲描寫兩性間感情的藝術，最能深刻而柔情如繪的，當以董王的西廂記爲絕好的代表。董西廂以眞摯勝，王西廂以聲調勝，我們如果在二書中任選錄幾調，便可看出他描寫感情，字字都從心中道出，婉轉纏綿，恰是自己欲說不能說的話，如董解元弦索西廂：

黃鐘宮出隊子　最苦是別離，彼此心頭難棄捨，鶯鶯哭得似癡呆，臉上啼痕都是血，有千種恩情何處說！夫人道天晚教郎疾去。怎奈紅娘心似鐵，把鶯鶯扶上七香車，君瑞攀鞍空自攧，道得個冤家寧奈些。

尾　馬兒登程，坐車兒歸舍，馬兒往西行，坐車兒往東拽，兩口兒一步兒離得遠如一步也！

上西平纏令　……望去程依舊天涯，且休上馬，苦無多淚與君垂，此際情緒你爭知？更說甚湘妃！

尾　驢鞭半褭，吟肩雙聳，休問離愁輕重，向個馬兒上駝也駝不動。

尾　……瀟灑閑庭幽戶，除夢裏有時曾去，新來和夢也不曾做！

柘枝令　頓不開眉尖上的愁鎖，解不得心頭愁結。是前生夙世負償伊，也須有還徹！

尾　莫道男兒心如鐵！君不見滿川紅葉，盡是離人眼中血！

如王實甫西廂記琴心：

小桃紅　……想嫦娥西沒東昇有誰共？怨天公！裴航不作遊仙夢；勞你羅幃數重，愁他心動，……

草橋店夢鶯鶯第三折：

快活三　將來的酒共食，嘗着似土和泥；假若便是土和泥，也有些土氣息，泥滋味。

又如鄭德輝倩女離魂楔子中的兩調，正道盡我國數千年來兩性間爲禮教所束縛住的深隱的感情。

仙呂賞花時　……恰才貌正相當，俺娘向陽臺路上，高築起一堵雲雨牆！

么篇　……你佐使着一片黑心腸，你不拘箝我，可倒不想你把我越間阻越思量！

元曲描寫兩性間的感情，書不勝書，這里因篇幅關係，只能舉其一斑。至如寫家人骨肉之情，尤其沉摯而生動，惻惻動人，如無名氏認父歸朝第四折：

駐馬聽　當日分離，痛煞煞生拋掌上珍；今朝厮認，笑吟吟猜做夢中人。二十年訪不出生和存，幾千迴擺不下愁和恨。心暗忖甚福也見得這團圓分！

無名氏神奴兒第二折：

牧羊關　我則怕你走的身子困，又嫌這鋪臥冷。我與你種着火留着殘燈。怕你害喝時有柿子與梨兒害餓時有軟肉也那薄餅。我將你尋到有三千遍叫道有二千聲，怎這般死沒堆在燈前立，你可怎生悄聲兒在門外聽。

張國賓合汗衫第三折：

上小樓　甚風兒便吹你到來，也有日重還鄉界。則俺這煩煩惱惱哭哭啼啼，想殺我兒也，怨怨哀哀。到如今可也便歡歡喜喜無掛無礙。哎！怎把這雙老爺娘做外人看待！

以上瑣瑣說來，柿子梨兒恰是父母愛子一片光景。天性之愛，宛宛在目。此外描寫離人思婦的情懷，也非常真，如鄭光祖倩女離魂第三折：

中呂粉蝶兒　自執手臨歧，空留下這場憔悴！想人生最苦別離。說話處少精神，睡臥處每顛倒。茶飯上不知滋味。似這般廢寢忘食，折挫得一日瘦如一日！

迎仙客　日長也愁更長，紅稀也信尤稀。春歸也奄然人未歸！我則道相別也數十年，我則道相隔着幾萬里，爲數歸期，那竹院裏刻遍琅玕翠。

馬致遠漢宮秋第三折：

駐馬聽　……尙兀自渭城衰柳助凄涼，共那灞橋流水添惆悵，偏你不斷腸。想娘娘那一天愁都撮在琵琶上！

步步嬌　……朕本意待揎些時光，且休問劣了宮商，您則與我半句兒俄延着唱。

白仁甫梧桐雨第三折：

鴛鴦煞　黃埃散漫悲風颯，碧雲黯淡斜陽下，一程程水綠山青，一步步劍嶺巴峽，唱道感歎情長悽惶淚下。早得升遐，休休！卻是今生罷。這個不得已的宮家，哭上逍遙玉驄馬。

第四折：

芙蓉草　淡氤氳串烟梟，昏慘慘刺銀燈照。玉漏迢迢，才是初更報。暗覷清霄，盼夢裏他來，卻不道只是心苗不住的頻叫。

吳昌齡東坡夢第二折：

月兒高　漫折長亭柳，情濃怕分手，欲跨雕鞍去，扯住羅衫袖，問道歸期端的是甚時候？淚珠兒點點鮫綃透。唱徹陽關，重斟美酒。美酒解消愁，只怕酒醉還醒，這愁懷還依舊！

喬孟符兩世姻緣第二折：

柳葉兒　兀的不寂寞了菱花粧鏡，自覷了自害心疼！將一片志誠心寫入了冰綃鮫，這一篇相思令寄與多情，道是人憔悴不似丹青！

鄭德輝王粲登樓第三折：

迎仙客　雕簷外，紅日低；畫棟畔，彩雲飛。十二欄干在天外倚，我這裏望中原，思故里，不由我感歎酸嘶，越攪得的我這一片鄉心碎！

馬致遠青衫淚楔子：

仙呂賞花時　有意送君行，無意留君住，怕的君別後有夢無書，一尊酒盡青山暮；我搵袖淚如珠，你帶落日踐長途。情慘切，意躊躇，你則身去心休去！

元曲中瀟灑輕倩的句子，幾乎不勝例舉，蓋元人意境最以自然瀟灑見長。言情如水，寫景如畫。使人讀之悠然翛然，隨錄數闋，以見一斑。馬致遠黃粱夢第三折：

怨別離　園林無處不蕭條！春歸也，猶未覺滿地梨花無人掃。寒料峭，遙望見一點青，兀良卻又早不見了。

煞尾　則與這高山流水同風韻，抵多少野草閑花作近隣。滿地白雲掃不盡。你與我緊關上洞門，休放過客人，我待靜倚蒲團自在眠。

董解元弦索西廂：

仙呂賞花時　落日平林噪晚鴉，風袖翩翩催瘦馬，一徑入天涯。荒涼古岸，衰草帶霜滑。瞥見個孤林端入畫，離落蕭疎帶淺沙。一個老大伯捕魚蝦，橫橋流水，茅舍映荻花。

康進之李逵負荊第一折：

仙呂點絳唇　飲興難酬，醉魂依舊尋村酒；恰問罷王留，王留道，兀那裏人家有。

混江龍　可正是清明時候，卻言風雨替花愁。和風漸起，暮雨初收。俺則見楊柳半藏沽酒市，桃花深映釣魚舟。更和這碧粼粼春光波紋縐，有往來社燕，遠近沙鷗。

醉中天　俺這裏霧鎖着青山秀，烟罩定綠楊洲。……早來到這草橋店垂楊的渡口。

石君寶花酒曲江池第一折：

仙呂點絳唇　朝來細雨過郊原，早蕩出晴光一片，東風軟，萬卉爭妍，山色青螺淺。

這一類的句子，在元劇中雖歷歷可舉，但猶不及元人小令樂府中的更爲雋逸可愛，因爲前者至少有劇情的束縛，小令樂府則體裁簡短，情意容易集中，一任作者的操縱了。這一派的作家如張小山馬東籬喬孟符都是傑出。如馬氏最著名的：

寄生草　長醉後何妨礙？不醒時有甚思？醩醃兩個功名字，醅淹千古興亡事，麴埋萬丈長虹志。不得時皆笑屈原非，但知音盡說陶潛是！

撥不斷　酒杯深，故人心，相逢且莫推辭飲！君若歌時我慢斟。屈原清死由他恁醉和醒爭甚？

又，瀟湘夜雨烟寺晚鐘二闋：

壽陽曲　漁燈暗，客夢回，一聲聲滴人心碎！孤舟五更家萬里，是離人情淚。

壽陽曲　寒烟細，古寺淸，近黃昏禮佛人靜。順西風晚鐘三四聲，怎生教老僧禪定？

喬夢符的漁父詞：

活魚旋打，沽些村酒，問那人家？江山萬里天然畫。落日煙霞，垂袖舞風生鬢髮。扣弦歌聲撼漁槎。初更罷，波明淺沙，明月浸蘆花。

王實甫的：

離亭宴煞　閒來膝上橫琴坐，醉時林下和衣臥，暢好快活。樂天知命隨緣過。爲伴侶，只三個，明月淸風我。再不把名利侵，且須將是非躱。

徐甜齋甘露懷古：

八月圓　江皐樓觀前朝寺，秋色入秦淮。敗垣芳草，空廊落葉，深砌蒼苔。遠人南去，夕陽西下，江水東來。木蘭花在，山僧試問，知爲誰開？

張小山小令：

凭欄人　二客同遊過虎溪，一逕無塵穿翠微。寸心流水知，小窗明月歸。燈下愁春愁未醒，枕上吟詩吟未成杏花殘月明，竹根流水聲。

元曲作家因爲受了環境的影響，對於時局自然表示不滿，卻因着作者的個性和處境關係，有的就看透一切，厭棄富貴恬淡散朗，不慕榮利，如馬東籬，他們的文章放誕風流典雅清麗讀之令人有出塵之想再錄如下：

馬東籬陳摶高臥第一折：

烏夜啼　……丹砂好煉養閑身，黃金不鑄封侯印。戴不得幞頭緊，穿不得公裳岔。不如我這拂黃塵的布袍，漉濁酒的綸巾。

金盞兒　報至我石枕上夢魂清，布袍裏白雲生。但睡呵，一年半載沒乾淨，則看你朝臺暮省幹功名。我睡呵，黑甜了倒身如酒醉，忽嚏酣睡似雷鳴，誰理會的五更朝馬動，三唱曉雞聲？

又，三醉岳陽樓第二折：

賀新郎　……爲興亡笑罷還悲歎，不覺的斜陽又晚，想咱這百年人在這撚指中間。空聽得樓前茶客鬧，爭似江上野鷗閒？百年人光景皆虛幻，我覷你一株金錢柳，猶兀自閒凭着十二欄干！

三煞　想人能克己身無患，事不欺心睡自安，便百年能得幾時閒？去向那石火光中急措手，如何迭辨？你何不早回看？直到落日桑榆暮景殘，方纔道倦鳥知還。

又，黃粱夢第二折：

混江龍　……雖然是草舍茅菴一道士，伴着這清風明月兩閒人。也不知甚的是秋，甚的是春，甚的是漢，甚的是秦；長則是習疎狂，貪懶散，佯裝鈍，把些個人間富貴，都做了眼底浮雲。

油葫蘆　莫厭追歡笑語頻，但開懷好會賓，尋思離亂可傷神。俺閒遙遙獨自林泉隱，您虛飄飄半紙功名進。你看這紫塞軍，黃閣臣，幾時得個安閒分？怎如我物外自由身！

醉中天　假饒你手段欺韓信，舌辯賽蘇秦，到底功名由命不由人，也未必能拿准。只不如苦志修行謹慎，早圖個靈丹腹孕，索強似你跨青驢躑躅風塵！

第四折：

倘秀才　你早則省浮世風燈石火，再休戀兒女神珠玉顆，咱人百歲光陰有幾何？端的日月去似攛梭，想你那受過的坎坷。

宮天挺嚴子陵垂釣七里灘末段：

離亭宴煞　九經三史文書册，壓自一千場國破山河改。富炎榮華，革介塵埃。難道祿重官高禍害，鳳閣龍樓包着成敗。您那裏是舜殿堯階，嚴光則是出了十萬丈是非海！

王子一誤入桃源第一折：

寄生草　我情願棄軒冕，離人生，傍泉石。一任他英雄並起圖王霸，烟塵幷起興戈甲，異端幷起傷風化。我和你韜光晦迹老山中，強煞如齊家治國平天下。

楊景賢度脫劉行首第四折：

么篇　困來那一眠，閒來那一醉。一任漁樵說是談非，笑煞兒曹走南料北，空歎英雄爭高競低。

范子安悟道竹葉舟：

駐馬聽　我故國神遊，只物換星移幾度秋；將浮生講究，經了些夕陽西下水東流。嘆興亡眉鎖廟堂愁，爲功名人比黃花瘦，歸去休看銀山鐵廟層層秀。

梅花酒　……休待兩鬢秋，與天子分憂，嘆歲月如流，呀！早白了人頭。

勝葫蘆　煞强如鐵甲將軍夜過關，它驅猛騎跨雕鞍。有一日戰敗荒郊白骨寒，爭如我茅菴草舍，蒲團紙帳，高臥得清閒？

高文秀好酒趙元遇上皇：

甜水令　不戀高官，休將人賺！這煩惱怎生擔？你道相逢驚了人膽，不如我住草舍茅菴。

馬九皐湘妃怨七段之二：

新酒在槽頭醉，活魚向湖邊賣，算天公自有安排。閒時高臥醉時歌，好已安貧好快活，杏花村裏隨緣過，勝堯夫安樂窩，任賢愚後代如何。失名利癡呆漢，得清閒誰似我。一任他門外風波。

黃金散盡學風流，學得風流兩鬢秋。笑您那看財奴枉了千生受，我覷那榮華似水上漚。則不如趁中年散淡優遊。斟綠酒低低的勸，滯紅粧慢慢的謳，醉時節錦被裏舒頭。

張小山吳山秋夜：

水仙子　蠅頭老子五千言，鶴背揚州十萬錢。白雲兩袖吟魂健，賦莊生秋水篇。布袍寬風月無邊，名不上瓊林殿，夢不到金谷園，海上神仙。

又，道情一首：

齊天樂過紅衫兒　人生底事辛苦，枉被儒冠誤。讀書圖駟馬高車，但沾着也者之乎。區區牢落江湖，奔走在仕途。半紙虛名，十載功夫。人傳梁甫吟，自獻長門賦，誰三顧茅廬？白鷺邊住，黃鶴磯頭去。喚奚奴，鱠鱸魚，何必謀諸婦，酒葫蘆，醉模糊，也有安排我處。

喬夢符自述；

正宮綠么遍　不占龍頭選，不入名賢傳，時時酒聖，處處詩禪。烟霞狀元，江湖醉仙。談笑便是編修院，留連，批風抹月四十年。

總之，元曲中這類的句子，多不勝收，美不勝收。一種散淡瀟洒之氣，躍然紙上。但是背後卻把持着失意和悲觀，言下泫然。亦是『一片傷心畫不成』也。然而思想的傾向，決不會如此單純一致，那些不甘緘默，憤世嫉俗的，便高聲疾呼，他們眼見國家政治的黑暗，社會上貧富的不均，微言諷刺，側擊旁敲，嬉笑怒罵，旁若無人，而各成文章，因此造成了一時代驚才絕豔的文學。略分如下：

攻擊朝廷政治的如：

無名氏賺蒯通第一折：

天下樂　現如今百二河山壯帝居，他則望遷也波除，倒將他劍下誅，……端的是誰推翻楚項羽？

那吒令　你起初要他時便推輪捧轂，後來時怕他慌封侯躡足，到今時忌他便待將殺身也那滅族。他立下五大功，合受萬鍾祿，您將他百樣粧誣。

李壽卿伍員吹簫第一折：

油葫蘆　……怎聽他費無忌說不盡瞞天謊，咱伍子胥救不得全家喪。也枉了俺竭忠貞輔一人，掃烽烟定八方，倒不如他無仁無義無謙讓，白落的父子擅朝綱。

攻擊黑暗法庭，貪官污吏的，如：

無名氏陳州糶米第一折：

混江龍　做的個上梁不正，更待要損人利己惹人憎。他若是將咨刁蹬，休道我不敢掀騰！呆軟莫過溪澗水，到了不平地也高聲。他也故違了皇宣命，都是些吃倉廒的鼠耗，咂膿血的蒼蠅！

馬致遠薦福碑第一折：

么篇　這壁攔住賢路，那壁又擋住仕途。如今這越聰明越受聰明苦，越癡呆越享了癡呆福，越糊突越有了糊突富！

關漢卿蝴蝶夢第一折：

醉中天　咱每日一瓢飲一簞食，有幾雙箸幾張匙。若到官司使鈔時，則除典當了閒文字！你合死呵，今朝便死，雖道是殺人公事，也落個孝順名兒。

譏刺富室守財虜的，如：

倘秀才　有些人道宜掃雪烹茶在讀書舍裏，又道是宜羊羔爛醉在銷金帳底，……誰說起寒江上一蓑歸，那漁翁的凍餒？

第二折：

滾繡球　有那等富漢每，他道是壓瘴氣，下的是國家祥瑞，怎知俺窮漢們少衣無食！

秦簡夫趙禮讓肥第一折：

那吒令　想他每富家殺羊也那宰馬，每日裏笑哈哈飛觥也那走斝。俺百姓們痛殺無根椽片瓦，那裏有調和五味全但得個充飢罷！

又有那用主觀懺悔的口氣，來提醒諷勸的，如：

無名氏來生債第一折：

油葫蘆　不思量有限光陰有限身，委實他錢上緊，如今那等有錢的，追富不追貧。……

迎仙客　哎！銀子也！你飢不能與人做飯食，你冷不能與人便做衣服，你這般沉默默冷冰冰，則是一塊兒家福。和他消磨那幾千年，可則更換過了幾萬古。他為甚不向你跟前停住？！哎！這銀子呵！原來分定也是前生注。

又有那描寫世態炎涼，以及市井小人家奴倡優的醜態，下筆尖酸，形容盡致，如：

無名氏凍蘇秦第四折：

鴛鴦煞　想當初風塵落落誰憐憫，到今日衣冠楚楚爭親近。暢道威震諸侯，腰懸六印，也索把世態炎涼，心中暗忖。假使一朝馬死黃金盡，可不的依舊蘇秦做陌路看承被人哂。

宮天挺范張雞黍第一折：

天下樂　你道是文章好立身，我道今人都爲名利引。怪不着赤緊的翰林院那夥老子每錢上緊。他歪吟的幾句詩，胡謅下一道文，都是些要錢諂佞臣。

鄭廷玉寃家債主第一折：

六么序　這人沒錢時無些錢，纔有的便說誇。打扮似大戶豪家。你看他聳起肩胛，迸定鼻凹沒半兒和氣謙洽。每日在長街市上把青驄跨，只待要弄柳拈花。馬兒上紐捏着身子兒詐。做出那般般樣勢，種種村沙。

關漢卿救風塵第四折：

慶東原　……遍花街請到倡家女，那一個不對着明香寶燭？那一個不指着皇天后土？那一個不賭着鬼戮神誅？若信這咒盟言，早死的絕門戶！

右幾項所引，孤憤長鳴，洩盡一切平民不平之氣，確是最雄豪最痛快的革命文學。

元曲從宋詞中解放出來，故在修辭上達到了兩個成功：（一）善用駢律及疊字，（二）

不避俗字書語，今請分述分下。

（一）善用駢律及叠句叠字　駢偶和重叠字句，在詩文中雖有其美的價値，但一經文人強勉濫用，便成了雕琢呆板的框架，每每令人生厭；而元曲作家却能善用這種格式，使人讀之，覺得鏗鏘入耳，無重沓煩贅之弊。如：

馬致遠漢宮秋第三折：

雙調新水令　錦貂裘生改盡漢宮裝，我則索看昭君畫圖模樣，舊恩金勒短，新恨玉鞭長。

李壽卿伍員吹簫第二折：

哭皇天　……這劍呵似半潭秋水寒，一片月光浮……

烏夜啼　……從今後半瓶濁酒有誰沽，抛下這一江野水無人渡，芳草州，垂楊路，無人攀話閒殺樵夫。

王實甫西廂記寺警。

混江龍　落紅成陣，風飄萬點正愁人。池塘夢曉，闌檻辭春。蝶粉輕沾飛絮雪，燕泥香惹落花塵。

繫春心情短柳絲長，隔花陰人遠天涯近。香消了六朝金粉，清減了三楚精神。

又，賴簡：

新水令　晚風寒峭透窗紗，控金鈎繡簾不挂。門闌凝暮靄，樓閣斂殘霞。恰對菱花，樓上晚妝罷。

駐馬聽　不近喧嘩，嫩綠池塘藏睡鴨。自然幽雅，淡黃楊柳帶棲鴉。金蓮蹴損牡丹芽，玉簪抓着荼蘼架。夜涼苔徑滑，露珠兒濕透了凌波襪。

馬致遠漢宮秋第三折：

梅花酒　……他他他傷心辭漢主，我我我攜手上河梁。他部從入窮荒，我鑾輿返咸陽。返咸陽過宮牆，過宮牆繞迴廊，繞迴廊近椒房，近椒房月昏黃，月昏黃夜生涼，夜生涼泣寒蛩，泣寒蛩綠紗窗，綠紗窗不思量。

石君寶花酒曲江池第一折：

寄生草　他將那花陰串，我將這柳徑穿。少年人乍識春風面，春風面半掩桃花扇，桃花扇輕拂楊柳線，楊柳線怎繫錦鴛鴦，錦鴛鴦不鎖黃金殿。

（二）不避俗字書語　臧晉叔元曲選序說：元曲妙在不工而工。其精者採諸樂府，而粗者雜以方言。李調元雨村曲話說：曲始於元，大略貴當行不貴藻麗，蓋作曲自有一番材料，其修飾詞章，塡塞故實，了無干涉也。吳梅戲曲史說：金元以來士大夫好以俚語入詩詞，此卽詞變爲曲之端。迨董解元作西廂以方言俚……，雜砌成文。王實甫西廂以硏煉濃麗爲能，但爲詞中異軍，非曲中出色當行之作。可見曲中不但不避俗語，而且儘量的迎合俗語，一洗貴族文學的積弊。元曲用俗語處極多。簡舉如下：

鄭德輝倩女離魂第四折：

古水仙子　全不想這姻親是舊盟，則待教祆廟火刮刮匝匝烈火生，將水面鴛鴦忒楞楞分開，交頸疎剌剌沙鞴雕鞍撒了鎖鞓，廝琅琅湯偸香處喝號提鈴，支楞楞爭弦斷了不續碧玉箏，吉丁丁璫精磚上……破菱花鏡，撲通通冬井底墜銀缾。

王實甫西廂記長亭送別：

叨叨令　見安排着車兒馬兒，不由人熬熬煎煎的氣；有甚麼心情花兒靨兒打扮的嬌嬌滴滴媚;准備着被兒枕兒,則索昏昏沉沉的睡;從今後衫兒袖兒,搵濕做重重疊疊淚;兀的不悶殺人也麽哥,兀的不悶殺人也麽哥!今後書兒信兒索與我恓…惶惶的寄。

疊字因爲相同的元素太多容易使人覺得單調。所以非能够穿插得自然錯綜得如意,是不可輕易嘗試的。元曲中用疊字多新異者,如梁廷…曲話(藤花亭十種本卷二)所舉二百餘條,略備於是,這里不再多舉。元曲中也有引用書句的這種句子,如果整篇整套的使用,自然也極討厭,不過偶一雜在文中,因着聯想的關係,倒也很實在很省事的。如:

馬致遠陳摶高臥第三折:

倘秀才　陛下道君子周而不比,貧道呵小人窮斯濫矣。俺須素志於道,依於仁,據於德,本待用賢退不肖,怎倒做舉枉錯諸直,更是不宜!

關漢卿救風塵第一折:

村裏迓鼓　你也只合三思而行,再思可矣。……

王實甫西廂記鬧簡:

石榴花　你晚妝樓上杏花殘，猶自怯衣單。那一夜聽琴時，露重月明間，爲甚向晚不怕春寒，幾乎險被先生饌！……

元曲作家運用形容字和連綿字，亦頗能增加聲情的美感，以上所引的，都可看出。姑再列如下：

董解元弦索西廂：

尾　覷着剔團團的明月，伽伽地拜。

尾　怎不教夫人珍珠般愛，居中中地行進前來，依次第覷着張生，大人般拜。

雙聲疊韻　燭熒煌夜未央，轉轉添惆悵……

……打兔　怎得個人來，一星星說與，教他知道！

喬夢符金錢記第三折：

鬬鵪鶉　……小生也不敢推辭，我則索勉強勉強的到口，怕不待酒醉春風散客愁，似長江淹淹的不斷流。

鄭德輝倩女離魂第三折：

迎仙客　日長也愁更長，紅稀也信猶稀，春歸也奄然人未歸！……

王實甫西廂記驚豔：

金焦葉　忽聽得角門兒呀的一聲，風過去衣香細生……

以上如『伽伽地』『居中中地』『轉轉』『一星星』『奄然』『淹淹然』『細生』等，仔細分析，都在可解不可解之間，而又不可移易，達意傳神，自然異常，眞堪歎服。

元曲所表現的藝術價値，其神奇暢好處，眞是戛戛獨造。然而，元曲的可訾議的地方，也是我們不能諱言的。（一）造意的幼稚。這自然是指一部分作家而言，因爲他們既非高才碩學，不過興之所至，以抒發心中感情，所以願望的卑陋，意境的幼穉，他們是不必顧及的。紅樓夢第五十四回有一段批評戲曲的話說：這些書就是一套子，左不過是才子佳人，最沒趣兒。開口都是『鄉紳門第』，父親不是尙書，就是宰相；一個小姐必是愛如珍寶。這小姐必是通文知禮，無所不曉，竟是絕代佳人。只是見了一個淸俊男人，不管是親是友，便想起他的終身大事來！再者，既說是仕宦書香，大家小姐，自然這樣大家人口多，奶媽，丫鬟，伏侍小姐的人也不少，怎麼這些書上，凡有這樣的事，就只小姐和緊跟的一個丫頭？你們自想想，那些人都是管做什麽的？可是前言不答後語不是？元劇中一部分思想的卑陋，結構的呆板，實在也是如此。（二）人物的單調。如劇中的神仙必稱呂洞賓，清官必稱包待制，無賴必稱胡子傳柳隆卿，衙役必稱張千等，都是極單調的人物。（三）眼光的粗淺，也是無可諱言的，比如分明一幕絕好的悲劇題材，作者必以己意強勉弄成一段悲歡離合的結局，如王粲登樓，風雪漁樵記諸劇，都給他們一個大團圓，是何等無謂！又如寫一個流落的青年，每每上了『萬言長策』便可以得着高官，俗不可耐，把作者的熱中心理，盡情表露。以上三端，我們固不可一概而論，然而都是元曲中所表現的下乘思想。

第七章　元曲的作家

元曲作家人才之盛，千古無兩。雜劇多至千種。他們的作風，爭奇鬬勝，各有擅長。吳梅戲曲史有以下的話：元劇之盛，首推大都。實甫繼解元之後，創爲姸倩豔冶之詞。而關漢卿以雄渾易其赤幟，所作類皆奔放滉漾，踸踔以自喜。東籬則清俊開宗，漢宮秋一種，臧晉叔以爲元曲選之冠。論其風格，卓爾大家。三家鼎盛，矜式羣英。白仁甫秋雨梧桐，實駕碧雲黃花之上。後起者如王仲文、楊顯之、高文秀、大名宮天挺，襄陵鄭光祖，平江姚守中，山東王挺秀，或以豪邁、豔冶、恬淡勝，皆不越三家範圍。至江州沈和作瀟湘八景，歡喜寃家，以南北詞合成，開後代傳奇之首，結金元散套之局。浙中如金仙山，范子安，流寓如喬夢符等，極一時之盛。在此，元代重要的作家都已標舉了。但古人作品多好嫁名於人或不署名。元之作家，尙沿此習，故無名氏層見疊出。又自樂人作詞，習於歌詠，倡優隸卒，無不優爲，而貴族文學，乃被於民衆。庸夫弱女，有過於士大夫百倍者。元曲如趙明鏡作啞觀音，錯立身，武王伐紂，張國賓作合汗衫、薛仁貴、高祖還鄉。紅字李二作板背兒、武松打虎、病楊雄，花李郎作相府院釘一釘，都是沒有正當職業的名家。元代百餘年的戲曲史上雜劇的優劣和人才的盛衰，王國維著宋元戲曲史將他們分爲三個時期：

（1）蒙古時代（約一二六〇——一二八〇年）

（2）一統時代（約一二八〇——一三四〇年）

（3）至正時代（約一三四〇——一三六〇年）

第一個時期，作家最盛，現存的作品亦多，如關漢卿、王實甫、白樸、馬致遠，在北方都是最有名的。第二個時期的作家，大多居住南方，漸失其『天高風緊』的氣象，除鄭光祖、宮天挺、喬吉三家而外，餘似無足觀。第三個時期，更是『強弩之末』了。今爲分清眉目起見，特參考其個人歷史及作品，列舉如下：（按現存元劇作者如王子一、劉東生、谷子敬、賈仲名、楊文奎、楊景言、湯式，其名均不見錄鬼簿。元曲選中谷子敬賈仲名皆云元人，太和正音譜則以爲明人。今以其作品之氣骨而論，作明人當無大謬。）

第一期蒙古時代。

(一)關漢卿　號己齋叟，大都人。金末以解貢於鄉，後爲太醫院尹。著作最富，見於錄鬼簿者多至六十三種。今僅存十三種。明寧獻王正音譜評其詞云：「瓊筵醉容」。

(1)西蜀夢　此劇見於古今雜劇三十種中，爲元曲選所未收入者。全劇名關張雙赴西蜀夢。全劇無折數、賓白、科譯，當是坊間刊刻時刪易了的。大意敍：關羽戰死荊州，張飛爲之復仇，中途反遇害。劉玄德遂盡起西蜀之師，爲二人雪恨，嘗在夢中與關張相見，玄德悲痛至極，感傷不已！

(2)拜月亭　元刊本。全劇名閨怨佳人拜月亭。錄鬼簿正音譜也是園書目並著錄。亭錄鬼簿作庭。錢目作王瑞蘭私禱拜月亭。劇情的大意與明傳奇的拜月亭同。

(3)錢大尹智寵謝天香　元曲選甲集下。寫錢塘柳耆卿性疏狂，多才思，愛戀名妓謝天香，因無意於進取。柳有同學錢可時官開封府尹，愛其才，恐其志墮，設計佯娶天香爲妾，以絕其念。其實是爲他供養。後三年，耆卿得狀元歸，錢招之，道其故，二人畢竟成爲伉儷。

(4)杜蕊娘智賞金線池　元曲選辛集上。敍韓輔臣因上京應舉，至濟南，因其友石好問得識名妓杜蕊娘，遂淹留於此，杜母惡之，韓因憤去，蕊娘怨韓不諒己，爲貌絕之，韓歸展轉求恕，皆爲蕊娘所拒，韓不得乃訴於石，陰遣杜之女友數人宴之金線池，乘醉勸其嫁韓，二人始重修舊好，成爲夫婦。

（5）望江亭中秋魚鱠旦　元曲選癸集上。這劇的大意是寫寡婦譚記兒與道尼白姑姑相識，姑姑有姪名士中，適赴潭州爲理，便道往返之，伊遂爲二人撮合。有楊衙內本是淫惡之徒，方欲取記兒爲妾，聞士中先彼娶爲妻，深恨之，便妄奏於朝廷，誣士中以濫職擾民，上遂賜以金牌勢劍，命赴潭州取其首級。記兒聞之，請於其夫假扮漁娘，潛於中秋之夜，於望江亭之船中，與衙內切鱠行酒，而騙得其勢劍金牌，衙內失此，遂不能誅士中，反坐誣枉之罪，貶爲庶人。

（6）趙盼兒風月救風塵　元曲選乙集上。大意敍鄭州人周舍仗父權勢，尋花問柳，迎新惡舊，欲娶名妓宋引章爲妾。同時，又有秀才安秀實亦愛戀之，宋嫌其貧，卒與周結婚，甫過門，即備受虐待，宋不能堪，求計於義姊趙盼兒。盼兒便假扮新娘又與周舍訂婚，並促其與引章離異，舍果中其計，終至兩所得。

（7）關大王單刀會　元刊本。錄鬼簿、正音譜、也是園書目均著錄。大意與後來三國志演義所敍相同。

（8）温太眞玉鏡臺　元曲選甲集下。敍温母有女名倩英，豔麗絕人，未曾許聘，其姪温嶠字太眞，爲翰林學士，母囑之教其女以彈琴寫字，嶠欣然允諾，其實他久已傾戀倩英了。適温母託他代選東床，嶠便以己自薦，聘以勅賜玉鏡台；但倩英嫌他過長於己，不肯從嫁。後因王府尹特設宴名『鴛鴦會』請嶠聯詩，席間大博嘉賞，倩英愛其才，終於允諾。明人朱鼎亦有玉鏡臺傳奇，共四十齣，劇中角色亦與此劇相同，惟多王敦造反，拘温下獄，及折書見鏡的一層轉折。

（9）詐妮子調風月　元刊本。此劇錄鬼簿也是園書目均著錄。敍二夫爭夫，其婢子燕燕爲他們暗調風月。

（10）包待制三勘蝴蝶夢　元曲選丁集下。敍農人王老有子三人皆習儒業。一日，王老出外買物，爲士豪葛彪打殺，王氏兄弟往舁之復打死葛彪，鄰衆控解三人去見知府包龍圖。三人都各承認是自己打死的，判遂不得決。其母不得已命第三子當罪，二子因得免。一日，龍圖體倦假寐，夢見二隻蝴蝶撲於網中，一大蝶救之出，俄而一小蝶又墜，大蝶遂不能救。因悟此案必有寃屈，細察案情，果然。龍圖便以盜馬賊趙頑驢代抵其罪，王氏兄弟均得免焉。

（11）感天動地竇娥冤　元曲選壬集下。這劇的情節見末章元明雜劇傳奇與京戲本事的比較。

（12）包待制智斬魯齋郎　元曲選戊集下。（也是園書目作元無名氏撰。）敍許州貪吏魯齋郎，仗勢淩人強奪平民李四及孔目張珪之妻，事爲待制包龍圖所知，然惡其權勢甚大，恐朝廷姑恕之，便晤將魯齋郎之名，換爲『魚齊卽』奏於上，控他酷害良民，強奪人妻，上遂命斬之，李張夫婦始獲團圓，

（13）崔鶯鶯待月西廂記第五劇　明歸安凌氏覆周定王刊本。近貴池劉氏覆凌本他本皆改易體例，不足信。據南濠詩話藝苑卮言皆以第五劇爲漢卿作。

（二）楊顯之　大都人，與漢卿爲莫逆交，每相切磋，故所作多當行語。所著雜劇凡八種。見存者僅二種。正音譜評其詞如『瑤臺夜月。』

（1）臨江驛瀟湘夜雨　元曲選乙集上。敍張天覺被讒，謫赴江州，其女翠鸞亦同行，至淮河渡，風緊舟覆。翠鸞遇漁父崔文遠得救，收爲義女。天覺後亦得救，但父女離散，不能相見了。崔有姪名旬

士上京應取道過其家，文遠即主二人約爲婚姻。後三年甸士得官，遂背約與主考之女成婚，理秦川縣，翠鸞往尋之，甸士反目相拒，百般淩辱，且刺配遠方。其時天覺已免罪，除廉訪使，至臨江驛，適翠鸞經宿於此，父女始得相見。天覺於是奏免主考，並罰其女爲婢，翠鸞與甸士仍成夫婦。我們讀完了此劇，覺得作者反把崔甸士的罪輕輕放過，未免有些抱不平。

（2）鄭孔目風雪酷寒亭　元曲選己集上。敍孔目鄭嵩與蕩婦蕭娥姘好，其妻因是氣悶而死，鄭於是娶蕭過門。會鄭因公外出，娥又與衙役高成私通，及鄭還家，適遇二人正厮飲於室，大怒立拔刀斬其妻，成則倉惶兔脫。官府遂判鄭以無故殺妻之罪，刺配遠方，派高成爲解子，行至酷寒亭，成行將謀害，幸遇寨主宋彬率僂儸至，嵩乃得救。原來宋彬也曾殺是鄭嵩救了的，聞鄭有難，故特來此。

（三）張國賓（一作國寶）　大都人，教坊管勾，爲元時倡夫，最能通辭藻者。見存雜劇三種：

（1）相國寺公孫合汗衫　元曲選甲集下。敍陳虎因經商折本，流落無歸，爲員外張義救援，住於其家。義有子名孝友，妻李氏。虎日久漸萌惡意，詐誘孝友夫婦遠適求神，臨行，孝友與其父母裂一汗衫，各留其半，以爲紀念。中途，虎果投孝友於江中，（其後得救。）逼其妻從己，同時，李氏即產一子。

虎名之曰豹。張義久望兒不歸家，亦遭焚如，資財淨盡，夫婦流落爲叫化。十有八年，豹已十八歲，得了武狀元，施齋於相國寺，得遇二老，合前時分裂的汗衫，始知爲其祖父母。同時，又遇其父孝友，那時他已在金沙院做了和尙，一家從此團圓。

（2）薛仁貴衣錦還鄉　元曲選乙集下。敍薛仁貴征東，離家十年，屢建奇功，都爲上司張士貴所蒙蔽。後獲辨明，加爲天下兵馬大元帥，欽賜衣錦還鄉，榮歸故里。

（3）羅李郎大鬧相國寺　元曲選壬集下。敍陳州秀才蘇文順與孟倉士，因家貧，各質其子（名湯哥）女（名定奴）於老友羅李郎。借得盤費，上京應取。羅視二子如己出。羅有狡僕名興奴，欲侵呑其家財，暗以計離間湯哥，賺他上京尋父，幷贈以假銀，中途被官府認爲假冒，罰湯哥爲相國寺苦工。興奴復拐定奴潛逃外處。羅李郎出外遍尋二人。後文順倉士均高中除授官職，五人相遇於相國寺，同時，又緝獲興奴，處以嚴刑。

（四）石子章　大都人，與元遺山李顯卿同時。見存雜劇一種。正音譜評其詞如『清風爽籟。』

秦脩然竹塢聽琴　元曲選壬集上。敍洛陽少年秦脩然，幼失怙恃，寄寓於父執梁公弼家。先是公弼有妻鄭氏，因赴京師，中途爲賊所刼，夫婦離散有年。後鄭氏得脫，乃於一道院出家，得與禮部尚書鄭氏之女彩鸞交識，彩鸞善撫琴，亦自建一菴名竹塢。一日，翛然偶涉郊外，歸晚，寄宿菴中，夜聞彩鸞琴聲，兩相傾慕，從此朝去夜來，事爲公弼所知，恐其因而墮落，激之上京應舉，竟高中，除授通判，歸與彩鸞正式成爲夫婦，同時，公弼亦得見其妻鄭氏。

（五）王實甫　大都人，或稱元人，或稱金人，按實甫麗堂春雜劇係譜金完顏事，而劇末云：早先聲把烟塵掃蕩，從今後四方八荒，萬邦齊仰賀當今皇上。以頌禱章宗作結，則此劇之作尚在金世，實甫蓋亦由金入元者。所作十四種，今僅存二種。正音譜詳其詞如『花間美人』。

（1）四丞相高會麗堂春　元曲選己集上。敍完顏女眞人樂善官拜右丞相之職，與當朝丞相二三人會宴於麗堂春席間，樂善與將軍李圭角鬬，上怒貶之於濟州歇馬。後詔赦復原職，善李二人亦重脩舊好。

（2）崔鶯鶯待月西廂記　明歸安凌氏覆周定王刊本，近覆凌本。敍唐元稹會眞記的事。

（六）高文秀　東平人，早卒。喜編梁山泊劇，黑旋風劇尤多至八種。所作凡三十四種，今存三種。正音譜評其詞如『金瓶牡丹。』

（1）黑旋風雙獻功　元曲選丁集下。敍鄆城孔目孫榮之妻郭念兒，與本城白衙內有染。榮與梁山寨主宋江有舊因欲往泰州進香，宋江差李逵護送。李逵是個粗豪魯莽的人，途中遇白衙內正設計陷害孫榮，下於獄中，逵救之出，並將姦夫淫婦誅殺，挈孫榮同往梁山入夥。

（2）須賈誶范叔　元曲選庚集下。敍戰國時七雄爭霸，魏敗於齊，擄魏公子申歸。惠王遣大夫須賈聘於齊，說還魏公子，門下士范雎從之。齊因雎之賢，允其所請，須賈於是忌其功，歸讒於魏王，撻雎至死，曳棄廁內，幸爲院公救出。雎乃逃之秦，昭王用以爲相，更名曰張祿，須賈往賀之，雎大報前讐，令其跪門吃草。

（3）好酒趙元遇上皇　元刊本。

（七）鄭廷玉　彰德人，所作凡二十四種，見存五種，正音譜評『佩玉鳴鑾』。

（1）楚昭公疏者下船　元曲選乙集下。敍春秋吳楚之戰，楚敗於吳，昭公遂偕其夫人公子及其弟：：旋出奔。過大江，舟至中流，風起浪湧，梢公央一人投水中以輕舟載，夫人以爲已較疏外，即投入江中，繼公子又繼之，昭公兄弟因得救。其後吳兵退，夫人公子亦團圓，蓋母子投江爲龍神所救，故得安抵彼岸云。

（2）包待制智勘後庭花　元曲選己集上。敍趙忠有妾名翠鸞，因不容於婦，遂偕其母潛逃。俄爲亂軍衝散，母女分離。翠鸞投宿客寓，店役戀其色，強欲姦之，鸞因諕死。役懼，投其屍於後園井中。適有舉子劉天義亦寄宿斯店，翠鸞顯魂伴之同寢，各塡後庭花詞以爲記。不意其詞爲翠鸞之母所見，強誣天義藏匿其女，控於官，知府包待制察其詞中有『不見天邊雁，相侵井底蛙』之句，知其屍在井底，詳加拷問，盡得其實。

（3）布袋和尚忍字記　元曲選庚集上。敍劉均佐富有家財，而爲人極慳吝，彌勒佛欲度脫之，扮一和尚募化其家，均佐堅拒，和尚乃求於其手心書一忍字而去。自是均佐手所觸處，輒流有忍字之蹟。後乃徹底覺悟，歸於仙道云。

（4）看錢奴寃家債主　元曲選癸集上。敍周榮祖率其妻子上京應舉，盡藏其家財於牆壁中。本城有窮漢賈仁，爲人極慳吝，嘗對東嶽神怨己之窮困，神於是使之掘得榮祖所藏財物，暴發鉅金，享富二十年，而仍慳吝如故，卒爲一守財奴。先是榮祖科名落第，歸，又失其所藏，貧不能堪，乃鬻其子長壽於賈仁。仁既病沒，壽亦尋得其父母，一家復行團圓。

（5）崔府君斷寃家債主　元曲選庚集上。敍張友善好佛善施，儉衣約食，積存五錠銀，爲窮漢趙廷玉所竊。時又有五台山僧人寄置所募化之功果銀十錠於趙家。及僧返，值友善外出，其妻混賴不認。後趙與僧人皆投生爲其子。長子勤苦不息，不數年竟成大業，次子則恣意揮霍，視財如糞土。既而二子及其妻皆相繼死去，友善悲慼至極，往詢其友崔子玉，崔爲司管陰陽之官，告以其故，張始感悟。

（八）白樸　字仁甫，一字太素，號蘭谷，隩州人，後居眞定。父華爲樞密院判官。仁甫性最孝，幼育於元好問，生長見聞，學問博覽。而自幼失母，復亡國，乃鬱鬱不樂，屏絕榮利。至元一統後，徙家金陵，縱情詩酒。著有天籟詞二卷。爲元初四大家之一。所作雜劇十六種，見存元曲選二種。正音譜評其詞如『鵬搏九霄』。

（1）唐明皇秋夜梧桐雨　元曲選丙集上。敍安祿山反，唐明皇幸蜀，楊貴妃死馬嵬坡事。寫明皇亂後還京思貴妃甚切，聽秋夜梧桐之雨聲，觸念前情，調至悲感。

（2）裴少俊牆頭馬上　元曲選乙集下。敍裴少俊姿才華茂，因奉命往洛陽採花，過總管李世傑之門，適見其女千金偕婢正倚於牆頭觀望，見少俊騎馬上，風致飄然，心戀之，二人眉目傳情，互以詩相約於是夕幽會事爲家人得知，二人遂私奔至少俊家，潛住於後花園，後經許多波折，始正式成爲夫婦。

（九）馬致遠　號東籬，大都人，任浙江行省務官，其詞以秋興夜行船一套負盛名，周德清評爲此詞之冠，亦元初四大家之一。所作雜劇十四種，今所傳者有七種。元人中雜劇傳者以致遠爲最多。正音譜評爲『朝陽鳳鳴。』

（1）邯鄲道省悟黃粱夢　元曲選戊集上。敍呂洞賓上長安應舉，至邯鄲道寄宿黃花店，遇仙人鍾離欲度脫之，而洞賓凡念未泯，離乃以術幻之使成一夢，十有八年歷盡榮華富貴，人情嶮巇，而後始省悟妙道，盡脫去酒色財氣之桎梏。

（2）江州司馬青山淚　元曲選己集上。此劇係演繹白居易琵琶行而成的。

（3）呂洞賓三醉岳陽樓　元曲選丁集下。敍呂洞賓在岳陽樓度脫郭馬兒賀臘梅夫婦的經過。此劇結構與谷子敬的城南柳不惟事蹟相似，即其中關目線索亦大同小異，彼此可以移換。致遠行輩長於子敬，殆子敬襲東籬者歟?

（4）西華山陳摶高臥　元曲選戊集上。敍趙玄郎爲平民時，嘗於洛陽竹橋與高士陳摶問卦。摶謂彼他日必有人主之尊，後果然。玄郎遣使求之於西華山中，但摶無意功名，終復返山不出。

（5）破幽夢孤雁漢宮秋　元曲選甲集上。這劇是寫『明妃出塞』的事，論者謂爲元曲中之傑作。末折寫昭君去後，元帝鬱鬱無歡，夜嘗夢見昭君，醒後則正聞孤鴈掠長空而悲鳴，其情調至爲淒楚。

（6）半夜雷轟薦福碑　元曲選丁集上。敍張鎬多才藝能文章，因上京應取，中途極形困頓，天雨，咀咒龍神，寄宿於僧寺，寺中有碑名薦福，爲顏眞卿所書，寺僧許以拓之成帖，助其資斧，但於夜間，雷雨交加，碑已轟碎，蓋龍神有以報應之也。鎬後亦得官，且與貴冑宋公序之女結褵云。

（7）馬丹陽三度任風子　元曲選癸集下。敍終南山下有任屠戶生有神仙之分，但以平日專肆殺生，仙人馬丹陽下界度脫之，使其經歷種種魔障，終乃覺悟，成爲仙道云。

（十）李文蔚　眞定人。江州路瑞昌縣尹。所作雜劇十二種，今存一種。正音譜評『雪壓蒼松』。

同樂院燕青博魚　元曲選乙集上。敍燕和之妻王臘梅與本城豪勢楊衙內姘好，相約於同樂院宴會，適有梁山泊好漢燕青流落於此，常以博魚度日，因與楊衙內口角，楊卽尋釁繫青和二人於獄中，後有和之弟燕順率領梁山好漢救二人出獄，並將臘梅與衙內殺了。

（十一）李直夫　女眞人，卽蒲察李五。其作品長於科諢，有雜劇十二種，今存一種。正音譜評『梅邊月影』。

便宜行事虎頭牌　元曲選丙集上。敍女眞人山壽馬鎭守夾山口要塞，屢立奇功，欽賜虎頭牌，凡有失軍機者，皆得便宜行事，先斬後聞。後山壽馬遷陞，卽令其叔銀住馬代任。住馬年六十，好飲酒，偶於中秋節宴會，失守山口，隨卽奪回，山壽馬卽以軍令杖之四十，其第三折賓白頗爲詼諧。末敍山壽馬親叩其叔之門，負荊請罪，以示軍令之無親疏也。

（十二）吳昌齡　西京人。所作雜劇十一種，今存二種。正音譜評爲『庭草交翠』。

（1）張天師斷風花雪月　元曲選乙集上。敘陳世英因於中秋節夜撫琴，感動桂花仙子下凡與之歡好通宵，約與明年是夕再會，即期而桂花仙弗至，世英遂病，後因張天師設法，二人始得再見。

（2）花間四友東坡夢。　元曲選辛集上。敘蘇東坡與佛印和尚的事。

（十三）武漢臣　濟南人，所作雜劇十三種，今存三種。正音譜評其詞如『遠山疊翠』。

（1）散家財天賜老生兒　元曲選丙集上。王靜菴曲錄載此劇曾爲英人大關所譯，一八一七年倫敦出版。敘富翁劉從善年六十無子，其姪引孫性溫良，妻李氏常虐遇之，而偏愛其壻張郎。劉有妾小梅將分娩，張郎欲害之，小梅遂逃匿他地，後果生一子，得繼劉氏。其後李氏頓然感悟，轉惡其壻張郎，盡撥其家財與引孫管理，小梅繼亦歸家，引孫始自卸其職責。

（2）李素蘭風月玉壺春　元曲選丙集下。寫李斌別號玉壺春，與名妓李素蘭相戀，終於受許多波折而成功。

（3）包待制智勘生金閣　元曲選癸集上。敘郭成的傳家寶生金閣爲權豪高衙內奪去，並殺死郭成。後經包龍圖判明，高衙內棄市。

（十四）王仲文　大都人。所作雜劇十種，見存一種。正音譜評『劍氣騰空。』

救孝子烈母不認尸　元曲選戊集上。敍楊興祖出外，其弟謝祖在家，拐子賽盧醫將興祖之妻王氏騙匿他處。王氏母家強誣爲謝祖謀害，楊母抵死不認。其後興祖歸，途中獲賽盧醫，並得見王氏，謝祖之冤乃白。

（十五）李壽卿　太原人。將仕郎除縣丞。所作雜劇十種，今存兩種。正音譜評『洞天春曉。』

（1）說專諸伍員吹簫　元曲選丁集下。敍伍員逃奔吳國，在丹陽市吹簫求食，得交識壯士專諸事。

（2）月明和尙度柳翠　元曲選辛集下。敍觀音菩薩淨瓶中之楊柳枝，偶沾微塵，罰往人間爲名妓柳翠。三十後，菩薩命月明尊者下降度脫之，復返本還原。

（十六）尙仲賢　眞定人。江浙行省務官。所作十種，今存四種。正音譜評『山花獻笑。』

（1）洞庭湖柳毅傳書　元曲選癸集上。係本唐人小說演繹而成的。

（2）尉遲公三奪槊　元刊本。錄鬼簿，正音譜均著錄。

（3）漢高祖濯足氣英布　元曲選辛集上。

（4）尉遲公單鞭奪槊　元曲選庚集下。

（十七）石君寶　平陽人。所作雜劇十種，今存三種。正音評「羅浮梅雪。」

（1）魯大夫秋胡戲妻　元曲選丁集上。敘秋胡在外十年，得官歸，其妻羅梅英正於園中採桑，秋胡百般調戲之，蓋相別經年，彼此已不相識了。

（2）李亞仙詩酒曲江池　元曲選乙集下。敘鄭元和唱蓮花落的事。

（3）諸宮調風月紫雲庭　元刊本。錄鬼簿庭作亭。又戴善甫亦有宮調風月紫雲亭，此不知石作或戴作。

（十八）紀君祥　大都人。所作雜劇十種，見存一種。正音譜評「雪裏梅花。」

趙氏孤兒大報讐　元曲選壬集上。其情節評見第十章中。

（十九）戴善甫　眞定人。江浙行省務官。所作八種，今存其一。正音譜評「荷花映水。」

陶學士醉寫風光好　元曲選丁集上。敘陶穀與名妓秦弱蘭相戀，贈以風光好詞。

（二十）李好古　保定人或云西平人所作三種，今存其一。正音譜評『孤松掛月。』

沙門島張生煑海　元曲選癸集下。敍張羽寄寓東海濱之石佛寺，因撫琴感動龍女，與張約於中秋節相會，龍女如期弗至，後經仙人指命張於沙門島上汲海水煑之，龍女果出相見。

（二一）孟漢卿　亳州人所作雜劇一種。

張孔目智勘魔合羅　元曲選辛集下。敍李德昌因經商於外，其弟文道屢調戲其妻玉娘不遂，文道轉惡之。適昌來書謂於中途病劇，其書爲貨郎兒高山所投，玉娘見高時，其小兒强索高所賣玩具魔合羅一具，文道得知卽先玉娘起行，毒死德昌，轉誣其嫂。後經孔目張鼎勘明，案情始白。

（二二）李行道　一名行甫，絳州人。見存雜劇一種。

包待制智勘灰闌記　元曲選庚集上。敍張海棠嫁與富紳馬員外，馬妻劉氏頗悍潑，與縣吏趙某有染，毒殺其夫而嫁禍海棠，官卽判以極刑。後經知府包龍圖再審，其寃乃白。

（二三）孫仲章　大都人，或云姓李。見存雜劇一種。正音譜評『秋風鐵笛。』

河南府張鼎勘頭巾　元曲選丁集下。敍道士王知觀與劉平遠妻通姦，謀害平遠？嫁禍於王小二，以芝麻羅頭巾等爲贓證，遂判以死刑。後遇孔目張鼎重勘案情，其寃始白。

（二四）岳伯川　濟南人，或云鎭江人。所作雜劇二種，今存一種。正音譜評「雲林樵響」。

岳孔目借鐵拐李還魂　元曲選丙集下。敍孔目岳壽借鐵拐李屠屍成仙事。

（二五）康進之　棣州人，或云姓陳。所作二種，今存其一。

梁山泊李逵負荆　元曲選壬集上。此劇情節詳見第十章中。

（二六）孔文卿　平陽人。所作一種。

秦太師東窗事犯　元刊本。錄鬼簿正音譜也是園書目著錄。敍秦檜與其妻私計謀害岳飛事。

（二七）張壽卿　東平人。浙江省掾吏。所作一種。

謝金蓮詩酒紅梨花　元曲選庚集上。敍趙汝州與名妓謝金蓮相戀，以紅梨花爲表記。

第二期一統時代

（一）楊梓　海鹽人。至元三十年間從軍征爪哇有功，後爲杭州路總管，致仕，卒謚康節。見存雜劇一種。

霍光鬼諫　元刊本。敍漢昭帝時宗族將叛亂，霍光顯魂於帝側，諫他須崇政脩德，禍亂乃息止。

（二）宮天挺　字大用，大名開州人。歷任學官，除釣台學院山長，爲權豪所中，卒於常州。見存雜劇一本。正音譜評『西風雕鶚。』

死生交范張雞黍　元曲選已集上。敍范巨卿與張伯元約爲兄弟，結爲生死之交。無何，二人將各歸里。巨卿約張以二年後某日，必來其家拜探其母，張亦許以是日必殺雞炊黍以待，名曰『雞黍會』。至次年是日巨卿果至，而張亦果設雞黍以待。評者謂大用此劇，其第四折感歎蒼涼，最爲出色，堪匹傑作。

（三）鄭光祖　字德輝，平原襄陵人。以儒補杭州路吏，秉性方直，不妄與人交。卒，火葬西湖靈芝寺。爲元初四大作家之一。所著雜劇十九種，見存四種。正音譜評『九天珠玉。』

（1）傷梅香翰林風月　元曲選庚集下。此劇情節全與西廂記同。不過張生在這里是白敏中，鶯鶯改爲小蠻，紅娘是樊素而已。

（2）周公輔成王攝政　元刊本。錄思簿正音譜著錄。

（3）醉思鄉王粲登樓　元曲選戊集下。劇中情節與凍蘇秦相類，此劇蔡邕卽凍蘇秦中之張儀。皆故辱窮交逼令進取者也。

（4）迷青瑣倩女離魂　元曲選戊集上。敍張倩女才貌雅麗，幼時已與王文舉訂婚。會文舉上京應試，過張門，得與倩女相見。女極愛慕其才華，心常切切。及王辭別上京，女思戀彌切，其靈魂遂偕張俱往矣。留京三年，王得狀元歸，與之成婚，女魂始返原狀。此劇辭采豐麗，描寫入神，爲元曲中最精心之傑作。

（四）范康　字子安，杭州人。所作雜劇二種，見存其一。正音譜評『竹裏鳴泉』。

陳季卿悟道竹葉舟　元曲選己集下。敍此劇情節酷似黃粱夢。劇中陳季卿卽黃粱夢之呂純陽，皆歷徧人情世故，始悟妙道者也。

（五）金仁傑　字志甫，杭州人。天曆元年授建康崇寧務官，明年卒。所作雜劇七種，今存一種。正音譜評『西山爽氣』。

蕭何追韓信　元刊本。錄鬼簿正音譜著錄。錄鬼簿作蕭何月夜追韓信。

（六）曾瑞　字瑞卿，自號褐夫，大興人。有小曲詩酒餘音行世。見存雜劇一種。

王月英元夜留鞋記　元曲選辛集上。錄鬼簿正音譜也是園書目著錄。錄鬼簿作才子佳人誤元宵。

（七）喬吉　字夢符，又號惺惺道人，太原人。美儀容，以威嚴自飭。至正五年卒。著有雜劇八種，今存三種。正音譜評『神鰲鼓浪。』

（1）玉簫女兩世姻緣　元曲選辛集上。敍韋皐與名妓韓玉簫相約白頭之好。及韋上京應舉得狀元。時吐番亂境，韋率兵征之，十有八年。先是玉簫因思韋過切，遂病以沒，轉投生於駙馬張延賞府時已至十八歲，適韋皐凱旋歸朝，延賞設宴招之，間席得見玉簫，韋認以爲前妻，奏於上，勅賜二人重結兩世姻緣。

（2）杜牧之詩酒揚州夢　元曲選戊集下。敍杜牧之才情浪漫，愛戀名妓張好好，致成酒病詩魔，無意求官，幸其友輩爲之撮合，成其好事。

（3）李太白匹配金錢記　元曲選甲集上。敍韓飛卿與柳眉兒戀愛的故事，李太白爲他們撮合。

第三時間至正時代

（一）秦簡夫　擅名都下，後居杭州。所作雜劇四種，今存二種。正音譜評『峭壁孤松。』

（1）東堂老勸破家子弟　元曲選乙集上。敍富人趙國器因其子揚州奴不肖，憂悶成疾，乃以白金若干託孤於其京隣老友李東堂。（李爲人忠厚，故呼爲『東堂老。』）國器死後，揚州奴果肆無忌憚，家貲蕩盡。東堂老密收買其產而訓使治生。其子漸改悟，恨無貲以營生，東堂老盡出其產業而還之揚州奴，使得繼乃父之志。

（2）宜秋山趙禮讓肥　元曲選己集下。敍趙孝趙禮兄弟二人，因偕母避難宜秋山中，遇盜魁馬武，將殺而烹之，二人各認其體肥壯，願被烹食，武感其孝義，釋之。

（二）蕭德祥　號復齋，杭州人。業醫，以古文概括作南市盛行街市。今存雜劇一種。

楊氏女殺狗勸夫　元曲選甲集下。敍孫榮虐待其弟華，其妻楊氏以殺狗之事而激動其骨肉之情。

（三）朱凱　字士執。今存雜劇一種。

昊天塔夢良盜骨　元曲選甲集下。這劇情節詳見第十章中。

（四）王曄　字日華，杭州人。能詞章樂府。今存雜劇一種。

破陰陽八卦桃花女　元曲選戊集下。敍洛陽著名卜者周公與村姑桃花女鬪術的事。

此外元曲名家尚多，涵虛曲論批評馬東籬董解元等一百五人的作品，並稱傑作。以上只是現有作品行世的。其餘無名氏的作品還有二十七種之多，今並錄出於后。

（1）嚴子陵垂釣七里灘　元刊本。

（2）諸葛亮博望燒屯　元刊本。

（3）張千替殺妻　元刊本。

（4）小張屠焚兒救母　元刊本。

（5）陳州糶米　元曲選甲集下。

（6）玉清庵錯送鴛鴦被　元曲選甲集上。

（7）隨何賺風魔蒯通　元曲選甲集上。
（8）爭報恩三虎下山　元曲選甲集下。
（9）龐居士誤放來生債　元曲選乙集下。
（10）硃砂擔滴水浮漚記　元曲選丙集上。
（11）包待制智賺合同文字　元曲選丙集上。
（12）凍蘇秦衣錦還鄉　元曲選丙集下。
（13）小尉遲將鬬將認父歸朝　元曲選丙集下。
（14）神奴兒大鬧開封府　元曲選丁集上。
（15）謝金吾詐折淸風府　元曲選丁集上。
（16）龐涓夜走馬陵道　元曲選戊集上。
（17）朱太守風雪漁樵記　元曲選戊集下。
（18）孟德耀舉案齊眉　元曲選已集上。

（19）李雲英風送梧桐葉　元曲選庚集下。

（20）兩軍師隔江鬬智　元曲選辛集上。

（21）玎璫玎璫盆兒鬼　元曲選辛集下。

（22）逞風流王煥百花亭　元曲選壬集上。

（23）錦雲堂暗定連環計　元曲選壬集上。

（24）金水橋陳琳抱妝匣　元曲選壬集上。

（25）風雨像生貨郎旦　元曲選癸集上。

（26）薩眞人夜斷碧桃花　元曲選癸集上。

（27）馮玉蘭夜月江舟　元曲選癸集下。

第八章　元曲對於明清小說戲劇的影響

由元雜劇（即北曲）一變而爲明傳奇（即南詞），家伶點拍，踵事增華，作家輩出，一洗古魯兀刺之風。據王國維先生宋元戲曲史所考，南詞的起源大約與北曲同時，或者還比較的稍前。其後，元人入主中國，胡語流行，不能欣賞南方的音樂，南曲便漸漸失去社會的注意。元代遂爲北曲盛行的時代。到朱明以南方平民揭竿起事，把元人逐回漠北，定都金陵。南人的勢力一旦恢復，於是南曲也跟着南人的嗜好，重露頭角。從此中國文學便分出兩大支幹，一支是戲劇的演變，一支是章回小說的創興。現在我們且分做兩項，先論前者。

（一）明清的戲劇　南詞的淵源雖或先於元曲，但它的進步却是因受了元曲的影響而後才擴大的。元曲大都限於四折，且每折限一宮調，又限於一人唱，格律至嚴，不容踰越。南曲則一劇無一定之折數，一折（南曲中謂之一齣）無一定之宮調。且不獨以數色合唱一折，并有以數色合唱一曲，而各色亦有白有唱的，這較之元劇自然便利多了。

南曲以傳奇爲盛，傳奇之名，金源時已有，唐人小說，多名傳奇，大都傳演一個故事，如紫釵記以霍小玉傳爲藍本，邯鄲記以枕中記爲藍本等，明人傳奇之名，或亦有倣於此。然其體式，則王實甫西廂記已開其端。西廂記明明是用的雜劇的體裁，但是西廂記情節的曲折與細密，斷非四折所能寫完的。於是一本不足，加爲兩本，兩本不足，加爲三本，以至四本，直至關漢卿又加上一本，共爲五本二十折，始竟一劇。這種變例的雜劇，實是雜劇與傳奇中間一種過渡的體裁。

明代傳之存於今者，以荊劉拜殺與琵琶記五種。荊謂荊釵，劉謂白兔，拜殺是指拜月殺狗二記。白兔記是演劉智遠與李三娘的事，元劇已有劉唐卿李三娘麻地捧印雜劇，殺狗記元蕭德祥已有王翛然斷殺狗勸夫，拜月之先，已有關漢卿閨怨佳人拜月亭，王實甫才子佳人拜月亭二劇。至於琵琶記的本事，則在宋時已有了。陸游詩云：『滿村聽唱蔡中郎，』金院本名目中亦有蔡伯喈一本。又，元岳伯川呂洞賓度鐵拐李岳雜劇第二折煞尾云『你學那守三貞趙眞女，羅裙包土將墳臺建。』這正是琵琶記中趙五娘的行事。今琵琶記第一齣末有四語，末二語云『有貞有烈趙眞女，全忠全孝蔡伯喈。』這四句實與北劇中的題目正名相同。琵琶記的著者高明，字則誠，或云高拭，字則成，其實非也。高氏永嘉人，作此劇時在明末元初之間，避居於鄞的櫟社時作的。荆釵記爲明寧獻王朱權（道號丹邱）撰，或作柯敬仲撰是錯的。殺狗記據靜志詩話（卷四）爲徐……撰，……字仲田，淳安人，洪武初徵秀才，至藩省辭歸，豈亦是元明之交的人物。白兎記不知撰人。拜月亭（毛晉編刊六十種曲中易名幽閨記。）則明王元美何元朗臧晉叔等都以爲元末施惠字君美作的。君美杭州人，卒於至順至正間。（西元一三三〇——一三六〇）但錄鬼簿謂：君美詩酒之暇，唯以塡詞和曲爲事，有古今砌話編成一集。而無一語及拜月亭，且此劇是明初四大傳奇之一，斷無不引及的，故拜月是否爲君美所作，尙屬疑問。

明傳奇的作法與聲韻既與元雜劇不同，因而南北曲的風格也就顯然趨異了。王元美藝苑巵言論南北曲的精神，最爲顧曲家所贊許。他說：北主勁切雄麗，南主淸峭柔遠；北字多而調促，促處見筋；南字少而調緩，緩處見眼；北辭情少而聲情多，南聲情少而辭情多？北力在弦，南力在板；北宜和歌，南宜獨奏；北氣易粗，南氣易弱。若以意境而論，元曲則在情感眞摯，描寫極自然，南劇則漸以典雅凝鍊之詞，施諸曲中，徐文長南詞敍錄說：以時文譜南曲，元末國初未有也，其弊起於香囊記。香囊記乃宜興老生員邵文明作習詩經，專學杜詩，遂以二書語句勻入曲中，賓白亦是文語，又好用典故，作對子，最爲害事。夫曲本取於感發人心，歌之使童奴婦女皆喻，乃爲得體，經子之談，以云爲詩且不可，況此等耶？直以才情欠少，未免輳補成篇。吾意與其文而晦，曷若俗而鄙之爲易曉也。故明初四大傳奇傳之一的荆釵記，猶不失『近時俗而動人』（王元美評語）如時祀一齣的沽美酒，論者謂爲全劇中之最高點，雖未爲過，然較之元曲的融渾自然，却又不可同語了。

沽美酒　紙錢飄，蝴蝶飛，紙錢飄，蝴蝶飛，血噙染杜鵑啼，覩物傷情越慘悽。靈魂恁自知？靈魂……自知？俺不是負心的，負心的隨着燈滅！花謝有芳菲時節，月缺有團圓之夜，我呵，徒然早起晚寐，想伊念伊！妻要相逢除非是夢兒裏再成姻契。

尾聲　昏昏默默歸何處，哽哽咽咽思念你，直上姮娥宮殿裏。

而同劇中之小蓬萊解三醒二調，其寫景之佳妙，亦難能而可貴，爲全劇增色不淺。

小蓬萊　策馬登程去也，西風裏舉落艱辛。淡烟荒草，夕陽古渡，流水孤村。滿目堪圖堪畫，那野景蕭蕭，冷侵黃昏，樵歌牧唱，牛眠草徑，犬吠柴門。

解三醒　步徐徐水邊林下，路迢迢野田禾稼，景蕭蕭疎林暮靄斜陽掛。聞鼓吹，鬧鳴蛙，一徑古道西風瘦馬，驀回首，想家山淚似麻。

這詞寫情寫景，不可謂不至也；但其骨子實脫胎於元人小令天淨沙一曲。

天淨沙　枯藤老樹昏鴉，小橋流水人家，古道西風瘦馬，夕陽西下，斷腸人在天涯。

至於以題材而論，據現存六十種曲看來，明傳奇亦少憑空創作的。如薛近兗的繡襦記本於元人曲江池，湯顯祖的四夢邯鄲本於黃粱夢，還魂記模倣倩女離魂，南柯出自唐人傳奇，至於續作西廂記如李日華陸采諸人之作，更有十餘種之多。故我的淺見以爲如以藝術價值而論，明傳奇雖盛極一時，究其實不及元人雜劇，雖然他們是極力想追蹤元人的，而值得我們注意的，還是明人雜劇。以南詞而作雜劇者當以徐文長（渭）爲第一人。他的雜劇四聲猿中女狀元（長州董氏刊盛明雜劇本）一劇出世時，當時名家如湯臨川、史考叔、王伯良無不歎服稱贊，一時有『詞壇飛將之名。繼起者有梁伯龍、陸九疇、鄭思笠、戴梅川輩，都以南詞相唱和，清謳豔曲，盛極一時。其中以梁伯龍（魚辰）最負盛名。伯龍崐山人，當嘉靖隆慶之間，（約一五五〇——一五七二）與太倉魏良輔以善謳名天下。當時唱家分三派，一是弋陽腔，流行於江西兩京湖南閩廣之間。二是餘姚腔，出於會稽，常（州）潤（鎮江）池（州，屬安徽）太（州）揚（揚州）徐（州）。三是海鹽腔，（弋陽腔亦出於海鹽，乃譚總制攜海鹽子弟以歸，變其鄉音耳。詳見湯若士文集卷七。）通行嘉（興）湖（州）溫（州）台（州）一帶。伯龍與良輔共研討聲韻，良輔坐臥一小樓中幾二十年，考訂琵琶板式，造『水磨調』（卽崑曲）伯龍付之，流麗悠揚，遠出乎三腔舊調之上。徐渭所謂『此如宋之…唱家，卽舊聲而加以「泛」「豔」者也。』三百餘年來，崑曲的勢力實支配了大江南北明清兩代戲劇的文學與藝術。直至今日還覺到流風餘韻，裊裊繞梁哩。

由明而至於清，戲曲演變漸趨複雜，結構較前更爲進步，曲譜曲韻曲律，都達完善之境。吳梅劇曲史說：明人作詞，實無佳譜。太和正音，正襯未明；寧庵南譜，搜集未遍。清則南詞定律出，板式可增矣；莊邸大成譜出，訂譜亦有依据矣。合東南之雋才，備廟堂之雅樂，於是幽險逼仄，夷爲康莊。此較明人爲優者一也。曲均之作，始於挺齋，中原一書，所分陰陽，僅及平韻，上去二聲，未遑分配。操觚選聲，輒多齟齬。清則履清輯要，已及去聲；周氏中州，又分兩上。凡宮商高下之宜，有隨調選字之妙。染翰塡詞，無勞調舌。此較明爲優者一也。論律之書，明代僅王，魏。魏則注重度聲，王則粗陳條例。其言雖工，未能備也。淸則西河樂錄，已啓山林。東塾通考，詳述本末。淩氏之燕樂考源，戴氏之長庚律話，凡所論撰，皆足名家。不獨笠翁偶集，可示法程，理堂劇說足資多識也。此較明代爲優者又一也。況乎記載目錄，如黃文暘曲海無名氏彙考，已佚錄鬼曲品之前；訂定歌譜，如葉懷庭之納書楹，馮雲章之吟香堂，又駕臨川，吳江而上。總核名實，可邁前賢。

卽以結搆排場而論，淸代的戲劇，確亦勝過元明。元人的戲曲，大都重歌唱而不重搬演，講詞章而忽略組織，而且一劇終結，總是個團圓了事，這是多麽呆板幼稚。明劇也大都如此。淸代的戲劇便別開生面了。如孔尙任的桃花扇，寫南朝人物，筆意疎爽，字字繪態繪聲，而文詞之妙正如梁廷：所說：『豔麗處似臨風桃蕊，哀惋處似着雨梨花。』明末淸初，故國新朝，滄桑變幻，而其範圍僅南都一隅。其間君后將相，販夫走卒，不知凡幾，而着眼於侯李二人。侯李之間，自始自終，悲歡離合，千頭萬緒，而關鍵在桃花一扇，結搆是何等謹嚴。全劇以餘韻折作結，成爲一種極慘淡的悲劇，所謂「曲終人杳，江上靑峯」，留有餘不盡之意，於煙波縹渺間，脫盡元明以來團圓俗套。後顧天石作南桃花扇，使侯李二人畢竟團圓，其實無謂極了。他如阮大鋮燕子箋，洪昇長生殿，李漁十種曲，吳梅村秣陵春，都各有獨到之處，視之元明戲曲精鍊多了。

由崑曲創興而至明末清時代，又產生梆子腔、高腔、京腔、亂彈腔、秦腔、西調、吹調（見綴白裘第六集及十一集所載雜曲中）其後又有羅羅腔二簧調。（見揚州畫舫錄卷五）戲曲的唱法更繁雜了。關於這些腔調的淵源嬗變，這里未遑討論，希望以後能作專篇發表。

（二）明清的小說　戲劇與小說的發達是有密切的關係的。中國小說雖淵源久遠，而章回小說的創興則是明初的事。施耐菴的水滸傳，羅貫中的三國志演義，都是在這個時代產生的。『水滸故事』發端於宋，及元而大盛，到明中葉施耐菴始集其大成。元曲中演述梁山泊好漢的故事的，也不知有多少種，今據各家著錄，尚得十九種。

高文秀所作八種：——

（1）黑旋風雙獻功（錄鬼簿作雙獻頭）

（2）黑旋風喬教學

（3）黑旋風借屍還魂

（4）黑旋風鬬雞風

（5）黑旋風詩酒麗春園

（6）黑旋風窮風月

（7）黑旋風大鬧牡丹亭

（8）黑旋風敷演劉耍和（（4）至（8）五種？正音譜皆無「黑旋風」三字，今據錄鬼簿著錄爲準。）

楊顯之一種：——

黑旋風喬斷案

康進之二種：——

（1）梁山泊黑旋風負荆

（2）黑旋風老收心

紅字李二三種：——

（1）板踏兒黑旋風（正音譜無下三字。）

（2）病楊雄

李文蔚二種：——

（1）同樂院燕青博魚（錄鬼簿上三字作『報寃臺，』博字作『撲，』今據元曲選。）

（2）燕青射雁

李致遠一種：——

都孔目風雨還牢末

無名氏二種：——

（1）爭報恩三虎下山

（2）張順水裏報怨

不幸這十九種中，只有五種現在還保存在元曲選裏，（參看前章，）其餘十九種現在都不傳了。這些存目中也有與水滸傳不甚同的，如黑旋風喬教學喬斷案窮風月，詩酒麗園春等，都不像水滸傳中的李逵也許是因爲水滸傳描寫的人物太多（一百零八個梁山好漢。）著者不能把這些故事一一收入而只捉住一二處儘量描寫因此元曲中的黑旋風不盡如水滸傳的黑旋風，這也是一個理由。水滸傳而外，便要算三國志演義了，『三國故事』雖自唐宋以來已有許多民間傳說，但到了元朝更愈積愈多了。到元末明初羅貫中始集其大成。（貫中或說名貫，字本中，（郎瑛七修類稿。）或說名本，字貫中，（續文獻通考。）如今元劇存目中還有以下十九種。

王曄　臥龍岡。

朱凱　黃鶴樓。

王實甫　陸績懷橘。　曹子建七步成章。

關漢卿　管寧割席。　單刀會。

尙仲賢　諸葛論功。

高文秀　周瑜謁魯肅。　劉先主襄陽會。

鄭德輝　三戰呂布。（二本）
武漢臣　三戰呂布（二本）（按錄鬼簿，武作的是一部分，餘爲鄭作。）
王仲文　諸葛祭風。　五丈原。
于伯淵　斬呂布。
石君寶　哭周瑜。
趙文寶　燒樊城糜竺收資。
無名氏　連環計。　博望燒屯。　隔江鬬智。

這十九種中，現在只有單刀會，博望燒屯（元刊本）連環計，隔江鬬智（元曲選本）四種存在，可知宋元至明初的三國故事大概與現行的三國演義的故事相差不遠，它們與元曲的關係，也是很明顯的了。

明人又有龍圖公案（亦名包公案）十卷。清人有三俠五義百二十回，（原名忠烈義俠傳，出於光緒五年，原書首署石玉崑述，而序則云問竹主人原藏，入迷道人編訂，皆不詳爲何如人）都以包拯爲主要人物。拯有傳在宋史（三百十六）循吏傳中，爲官清廉明斷，而民間傳說，則其行事怪異，元人雜劇中關於他的事跡也有十種。

關漢卿　包待制三勘蝴蝶夢。　包待制智斬魯齋郎。

無名氏　叮叮噹噹盆兒鬼。

鄭廷玉　包待制智勘後庭花。

武漢臣　包待制智勘生金閣。

無名氏　金水橋陳琳抱粧盒。

李行道　包待制智賺灰闌記。

曾　瑞　才子佳人誤元宵。

江澤民　糊突包待制。

蕭德祥　包待制三勘蝴蝶夢。

張鳴善　包待制判斷煙花鬼。

這十一種中，除後三種不傳外，其餘六種都在元曲選中。元曲與明清小說的關係，大概止於此了。

第九章　元明雜劇傳奇與京戲本事的比較

本章所根據以爲比較的，元曲方面便以臧刻元曲選及元刊雜劇三十種。至如北宮詞紀，雍熙樂府，朝野新聲太平樂府諸書中的小令套數因其不成完劇，京戲題材極少與之相同。明代的雜劇傳奇，祇有毛晉編刻的六十種曲與長州董氏刋行的盛明雜劇三十種是成爲專集的。清代的作品尚無結集行世，且爲時較近京戲的題材亦極少採納。

京戲又稱『亂彈』——所謂『亂彈』是對崑戲而名因爲崑曲板眼字音，一絲一苟，京戲與之比較，好像亂彈似的。——是咸豐初年由安徽而蔓延及於京師各地，它的題材許多都取於宋金元明的院本雜劇或傳奇。可笑社會上的一般作『戲曲彙考』『戲考』的人，祇知道它們是從什麼演義，什麼小說來，却不知那些演義中的也多採集戲曲而來。如明人三國志演義中的故事，與宋金院本及元雜劇相同的不下一二十種。至於那些院本雜劇的題材，則也有模仿正史而演繹的，也有沿襲傳說而鋪張的，極少平空創作的。

現今坊間通行的京戲本我所見到的一百餘種，（新編的不算）內中與前代戲曲相同的極多，所以我便將它們通盤比較一下，以見得舊劇的小小的淵源和嬗變。我這番比較當然有不少疏漏的地方，是要請讀者原諒的。

（一）昊天塔與洪羊洞　元曲昊天塔孟良盜骨（鍾嗣成錄鬼簿作元朱凱撰，元曲選作無名氏撰）所紀是楊令公因與北番韓延壽戰，被番兵圍困，救兵糧草都沒有了，他的第七個兒子延嗣來搭救他，也被番兵攢箭射死了。令公見不得脫，便撞李陵碑而死！——如今京戲的李陵碑便是演的這齣悲劇。——番兵便將他的骨殖，掛在幽州昊天寺塔尖上，每日輪着小軍射他，令公靈魂痛苦，便來與他的第六個兒子楊景託夢。那時六郎鎮守瓦橋關，他手下幾個結義兄弟，有個叫做孟良的，爲人魯莽有義氣，楊景便激他去盜昊天塔上父親的遺骨。魯莽的孟良去了，他不放心，便自己也隨了去。番將韓延壽得知，便率兵來追拏，孟良敵住追兵，楊景便背着骨殖逃到五台山興國寺裏，恰巧遇着了他的哥哥五郎在此出家。——京戲的五台會兄自是本的這段故事。——兄弟兩個便一同反攻，將韓延壽殺了。全劇便由此結束。京戲有洪羊洞，情節完全與昊天塔相同，主人翁也是楊六郎。不過幽州的昊天塔，却名做遼東的洪羊洞了；元曲魯莽的孟良，在京戲却變爲温和的孟良了；楊景不是楊景而是焦贊盜骨去了。此外關於『楊家將』的戲劇，京戲有四郎探母，元曲選有無名氏的謝金吾詐折清風亭，情節都大同小異。錢曾也是園書目有楊六郎調兵破天陣一本。

（二）文昭關（京戲）　係伍子胥過昭關的事。或者是後來從東周列國演義截下來的。遍查曲錄都沒有以此事譜劇的。元曲選但有李壽卿的說專諸伍員吹簫，錄鬼簿存目有元鄭廷玉伍子胥棄子走樊城一本。伍子胥的行事，是戲劇中最好的題材，也許古人作過此劇而今亡佚了也未可知。

（三）盆兒鬼與烏盆記　元曲選無名氏叮叮噹噹盆兒鬼，這故事的始末是如此：楊國用在街上遇着一個打卦先生，說他百日內有『血光之災』只除離家千里之外方可避免。他於是告訴了家人，得了五兩銀子出門去做生意，一走便到了汴梁的附近地方破瓦村。這里有個賣盆罐的姓趙，——人都叫他做『盆罐趙』。這盆罐趙是個殺人放火的暴徒，又開着一間黑店，恰巧楊國用那晚到這兒來投宿，盆罐趙見財起意，便夥同他的妻子，把楊國用一刀「哈喇」了！將他的屍首焚化，將那骨殖揑做一個盆兒。恰巧鄰近的老漢張撇古來借瓦盆，趙便將這盆兒與了他；殊不知楊國用的寃魂不散，時時附着這盆兒作怪，把撇古駭着了，他便捧去見包待制，那盆兒見着包待制便叮叮噹噹地訴將起來！後來他的寃讎畢竟報復了。京戲的烏盆記，情節完全與此相同，當是從元曲來的。現在將京戲的張撇古唱的『訴板』和元曲的張撇古唱的『鬬鵪鶉』調比較一下便可見得了。

哽嚥，年邁時衰，老來無子實難挨，妻早喪命應該，只落得奔忙勞碌打草鞋！——打草鞋！——訴板。

俺如今赤手空拳，少柴也那缺米！常則是甘分隨緣，麤衣糲食。俺從來壯歲無兒，更臨老也那喪妻！恰纔行了一直，又早歇了一會，可憐倆白髮頭毛，尫羸的這瘦體。——越調鬬鵪鶉

（四）七星燈（京戲）　此戲敍諸葛亮六出祁山的末次，駐軍五丈原，自知天年不久，乃設七星燈，披髮仗劍，用祈禳之法，以冀乞壽於天。元曲選中無與此有關係的。鍾嗣成錄鬼簿及寧獻王太和正音譜存目中有諸葛亮秋風五丈原一本。

（五）漁樵記與馬前潑水　我們都知道京戲的馬前潑水是朱買臣休妻的事。當買臣在微賤窮急時，他的妻子崔氏不良，不能同他安貧，迫他與己離婚。後來買臣得官了，伊羨慕榮華，仍跑到馬前叩頭哀求收養，買臣便叫人提水一桶潑在地上，向伊說：「這當前的覆水你能收回麽？」崔氏知不能挽回，忿極悔極，便自縊了。元曲選的朱太守漁樵記（無撰人）適成一個相反的大團圓，說：買臣微賤時，日與漁樵麕鹿爲友，無志進取，他的妻子劉氏設計激發他，故意和他「索休索離，」大雪裏趕他出去。一面又託他的好友王安道借盤費與他。——其實都是他妻子的錢，——買臣憤極，便上京去，一舉竟中了！他回來痛恨他的妻子，「斷然的不認，」也命伊潑水，幸而經王安道說明，他纔覺悟了，夫婦情篤如初。

（六）竇娥冤與六月雪　王靜菴先生在他的宋元戲曲史裏說：關漢卿的竇娥冤「卽立之於世界大悲劇中亦無愧色，」這話是很恰當的。全劇名感天動地竇娥冤，劇情的大意是如此：竇天章因家貧，便將他的女兒竇娥嫁與隣近的蔡婆婆做媳婦，借得四十兩銀子上京應取；不幸兩年後那兒子便死了，竇娥跟着他的婆婆守寡。有個叫做賽驢醫的本少她們幾兩銀子，蔡婆婆去取討，被他賺到郊外，要將她勒死，不想碰着張驢兒父子兩個救了她的性命；那張驢兒知道她家有個青年守寡的媳婦，便要求與她們同居，蔡婆婆原感激他們救命之恩，不得已「含糊許了。」那知這張驢兒過門，便強認蔡婆婆做他父親的老婆，竇娥配他爲妻子，她們當然是拒絕的。一日，蔡婆婆身子不快，想「羊肚兒湯」喫，竇娥便安排了湯。張驢兒見着，便乘間闇地裏下了毒藥，實指望藥殺了蔡婆婆，要強逼竇娥成親，不想那老張誤吃，死掉了！張驢兒便誣竇娥藥殺他的老子，告到官去，將伊吊拷綳扒，問成大逆不道的典刑！竇娥含冤莫白，臨刑時，對天發下三椿誓願，那詞調非常沉痛：

耍孩兒　不是我竇娥發下這等無頭願，委實的冤情不淺！若沒些兒靈聖與世人傳，也不見得湛湛青天！——我不要半星熱血紅塵灑，都只在八尺旗鎗素練懸，等他四下裏皆瞧見，這是咱萇弘化碧，望帝啼鵑！

伊的第二椿誓願：

二煞　你道暑氣暄，不是下雪天，豈不聞飛霜六月因鄒衍？若果有一腔怨氣噴如火，定要感的六出冰花滚似綿，免着我屍骸現！要什麽素車白馬，斷送出古陌荒阡！

伊的第三樁誓願：『着這楚州城大旱三年！』

果然，血飛上白練；六月下雪；三年不雨！京戲有六月雪，情節與角色全和此劇相同，當是截而「改頭換面」的。

（七）李逵負荊與丁甲山　黑旋風李逵的戲劇，元曲中最多；到明以後似乎就絕少了。明初施耐菴著水滸傳，盡情地把李逵寫做一個具有特別個性的莽漢。——大概在當時，（約一一二○宋徽宗時，）實有李逵這個人，而且他的爲人定是粗豪魯莽，疎財仗義的。元曲選康進之的梁山泊李逵負荊（一作杏花莊）雜劇，水滸傳中未曾見過。劇情的大意是：梁山泊近處杏花莊，有個賣酒的老漢王林，他有個嫡親的女兒喚做滿堂嬌的。一天，有兩個無賴，假扮做梁山的頭領——宋江和魯智深——到這杏花莊來買酒吃，老王因見他們是「替天行道」的好漢，便慇懃地奉承他們，並且還叫了他的女兒——滿堂嬌出來助興？那知這兩個棍徒見色心喜，強強要借伊去做「壓寨夫人，」硬搶去了。恰巧梁山泊的好漢黑旋風李逵也下山來沽酒，正見着王林在哭，他便告訴給李逵聽了。李逵氣極，便卽刻跑到山上去，要殺他的哥哥宋公明！宋江哪里肯認，便同他來杏花莊對質，恰巧那兩個無賴又來了，事情於是才明白李逵自知魯莽冒失，忙向宋江「負荊請罪」京戲的丁甲山卻與此小異，說那兩個棍徒原來是丁甲山的强盜，刼的不是杏花莊王林的女兒，卻是太平莊陳員外的女兒；李逵不是下山喝酒，是去尋公孫先生的。其餘都是一樣。

（八）關大王單刀會　元刊雜劇三十種中有關大王單刀會一本，錄鬼簿著錄關漢卿撰，（宋元戲曲史頁一一六於此劇下注：「錄鬼簿作烟月救風塵」是錯的，錄鬼簿雖載此兩劇，皆爲關漢卿撰，但確是迥不相同的兩劇，）這劇無賓白，而且闕略亦多，很難卒讀；但它的大意我們都是知道的，這里可不贅說。京戲有單刀赴會，情節亦與此相同。京戲又有白馬坡，挑袍，過五關，古城相會，水淹七軍，都是演的關雲長的故事。也是園書目有關雲長義勇辭金，關雲長千里獨行，壽亭侯五關斬將，關雲長古城聚義，關雲長刀劈四寇。此外元曲中單是關雲長的戲劇還很多，這兒可不多說了。

（九）抱妝盒與斷太后　現今風行一時的京戲『狸貓換太子』便是演的這個故事的全本。元曲選金水橋陳琳抱妝盒（無撰人，）這劇的始末是如此：宋朝有個皇帝因爲沒有承統江山的太子，他便下詔在御花園打一金彈，命那些宮娥彩女，「看其所落之處尋覓，」要是誰拾得了，他便去寵幸她。那西宮有個李妃，是個如花似玉，長恨幽居的美人，恰巧這金彈被伊拾得了。果然，後來生下一個兒子。不料卻引起正宮娘娘劉后的嫉妬，她便叫宮娥寇承御將那太子誆了出來，投到宮垣的金水橋下；這寇承御卻有良心，她想闔地將太子救出，恰巧遇着宮人陳琳捧着一個妝盒打從這兒過，他倆便商量把太子安放妝盒裏，救了出宮，投奔楚王那里去，——這其間自然經過許多危險的事情，——然而，寇承御卻殉難了！後來這太子登了基，便是仁宗皇帝。京戲的斷太后是打龍袍的前本，是這個故事裏的一段，說：劉后因嫉生惡，便將李美人逐出宮外，在破瓦窰中度日。伊的雙目已盲了！幸而遇着一個忠正清廉的大臣包拯，伊才出頭了。當初，他們遇着的時候，包拯原不知道，經了百般的審問，——所以叫做『斷太后』，——才明白的。

（十）桑園寄子　京戲桑園寄子是鄧伯道棄子救侄的事，（晉書卷九十良吏傳，鄧攸字伯道，平陽襄陵人。）錄鬼簿存目有元李直夫鄧伯道棄子救侄一本。

（十一）趙氏孤兒與八義圖　元曲選紀君祥的趙氏孤兒大報讎，也是一齣最大的悲劇。這劇的結構是五折，與元曲通常的格律不同，——通常都是四折，——後來的顧曲家每每以這劇爲口實。依我看來，也許這劇情節過於複雜，所以轉折之間，不能不多補一折，纔能盡意。這劇的題材是本春秋時晉國的事：晉國有個君王——靈公，他的國中最爲他所信任的祇有兩人，——一個是文臣趙盾，一個是武將屠岸賈。因爲文武不和，這屠岸賈常常想害趙盾，——他有個兒子喚做趙朔，原是靈公的駙馬。——便闇地命一個勇士鉏麑去刺他，誰想那鉏麑見着趙盾仁厚，不認加害，反而自己觸樹死了！後來他又想出許多詭計，畢竟把趙盾害了，把他滿門誅絕，祇留下公主——趙朔的妻子一人，禁錮在他的府裏。這時公主正當懷孕，產下一個孩子，取名趙氏孤兒。屠岸賈想「削草除根」，將他制死，幸虧趙氏的家人程嬰闇中救出去了。——公主隨着也自盡！——程嬰出府後，一逕向他的老友孫杵臼家裏來，二人便商量將程嬰的一個未滿月的兒子交與杵臼，孤兒則給程嬰保藏着，一面又親去報告屠岸賈，說杵臼窩藏趙氏孤兒，——其實就是他自己的兒子！——於是杵臼和那小兒都被戮於屠岸賈的刀下！二十年之後，趙氏孤兒已長成，——但這時他卻名做屠成了。因爲屠岸賈無兒，便將程嬰的兒子——就是趙氏孤兒，——收爲義子。他這時出落得異常英武，那屠岸賈還想仗着他篡奪王位。一天，程嬰見時機已至，便叫『屠成』參觀一幅畫圖。原來那上面繪的是趙氏全家被難，直到趙氏孤兒長成後的種種經歷的情形。——是役總共死了八個義士，他們都是爲趙氏抱不平，先後被難的！所以京戲叫做『八義圖』——他又詳細的對他說明了他的來歷，趙氏孤兒這纔大悟，即刻倒戈，將屠岸賈全家誅殺了。全劇由此結束。可見這劇的情節是很複雜的了。此劇在京戲又名搜孤救孤。明劇六十種曲中有徐叔回的八義記，共四十一齣，情節都與此相同。

（十二）黨人碑　小說叢考（錢靜方編，商務出版，）中有『黨人碑院本考』一條，全未說明所考的根據和出處，他不知道黨人碑原來就沒有院本——院本是宋金時的行院之本，我們現今祗有存目可考，我在前章已說過了。宋金時代的院本，據現存存目，確無『黨人碑院本』，所以這是大錯的。那書中與此同樣的錯誤很多，如他說：『白兔記院本』『獅吼記院本』『彩毫記院本』其實都是明人作的傳奇；見在六十種曲中，怎麽能說是院本咧？考新傳奇品曲海目有清邱園的黨人碑一本，原是崑劇。綴白裘八集卷二有黨人碑的打碑，酒樓計賺，閉城殺廟，賺師拜帥，當是選錄邱園的黨人碑而來。京戲的黨人碑卻又本綴白裘而來，這是很明顯的線索。這劇是寫宋蔡京弄權，那時的正人君子如司馬光文彥博蘇軾都被他命人鐫名石上，——共一百餘人——說他們是『亂黨，』那刻石的工人叫做安民，他見着那上面的人都是些好人，心裏着實過意不去，無奈迫於官府的威勢，不敢辭！只得要求在碑上不鐫他『安民』二字，——恐『得罪後世』的意思。

（十三）精忠記與風波亭　六十種曲有明姚茂良撰精忠記傳奇共三十五齣，敍秦檜害岳飛父子的事。京戲有風波亭。請宋靈都是精忠記裏的片段的故事。

（十四）漁陽弄與打鼓罵曹　盛明雜劇有徐渭的四聲猿共四劇，漁陽弄便是其一。演的是彌衡裸袒罵曹操的事，與京戲的打鼓罵曹情節一樣，地點不同。——京戲的地點是在「陽間，」漁陽弄是曹操已囚在地獄，彌衡已做了陰官，「陰間」的人都要求彌衡重演陽間打鼓罵曹的那回事。彌衡於是將曹操釋放出來，使他仍如在陽間一樣的有權威，他自己亦裸袒於庭下，一面唱着漁陽弄的樂調，一面打着鼓罵曹操。

（十五）灌園記與黃金臺　六十種曲有灌園記傳奇，明張鳳翼撰，共三十齣。大意是：齊湣王荒淫無度，太傅王蠋諍諫不聽，反把他和世子法章貶謫到莒的地方去。不久，燕將樂毅伐齊，下齊七十餘城，破臨淄，把湣王殺了。王蠋和世子也改了名姓，逃匿在一個太史的家裏，每天爲他灌園工作。

太史有個女兒，知道他是有來歷的，便闇地與世子訂了婚。後來田單守即墨，大破燕軍，迎立世子即位，太史的女兒也就是王后了。明人趙武亦有灌園一本。京戲有黃金臺，情節與此完全相同。錄鬼簿存目有元喬吉燕樂毅黃金臺一本，元屈子敬田單復齊一本。

（十六）鳴鳳記與打嚴嵩　明王世貞撰鳴鳳記，共四十齣，（見六十種曲。）大意是：嚴嵩恃寵攬權，忠臣楊繼盛彈劾他，反而被他殺了。後來御史鄒應龍抗疏諍諫，纔把嚴嵩打倒了。京戲的打嚴嵩便是裏面的一段。六十種曲中又有飛丸記傳奇（無撰人），係關於他的兒子嚴世蕃的故事。

寫到這里，現存的元明雜劇傳奇與京戲本事相同的，差不多已盡了。存目中還有好幾本與京戲的題材有淵源的關係，現在我亦將它們列在下面，以便參考：——

京戲	元明雜劇傳奇存目
（1）白門樓	錄鬼簿元于伯淵撰白門樓斬呂布一本。
（2）霸王別姬	錄鬼簿元張時起撰霸王垓下別虞姬一本。
（3）陽平關	也是園書目有陽平關五馬破曹一本（無撰人）

（4）洛陽橋　黃文暘曲海目有洛陽橋一本。（無撰人）

（5）馬嵬坡　曲海目有馬嵬坡一本。（無撰人）

（6）目蓮救母　曲海目有目蓮救母一本。（無撰人）

（7）機房教子　傳奇彙考有教子記一本。（明人撰）

（8）貴妃醉酒　太和正音譜及錄鬼簿均著錄元庾天錫撰楊太眞華清宮一本，楊太眞霓裳怨一本。

（9）萬里尋夫　輟耕錄存目有孟姜女一本。錄鬼簿著錄元鄭廷玉撰孟姜女送寒衣一本。